啄木 うたの風景

〜碑でたどる足跡〜

岩手日報社

発刊によせて

２０１２年は啄木の没後百年。この記念すべき年にあたり、本紙でも長期の連載を企画した。この国民的歌人のすばらしさをあらためて世に伝えるには何に焦点を当てたらいいのか―それは数多くある歌碑などの文学碑ではないだろうか。時代と地域を超えた啄木短歌の普遍性を象徴し今に伝える歌碑は、全国に１７０余基ある。それをできるだけ訪ね、啄木の足跡をたどり、建立に関わった人々の思いを聞いてみることにした。

記者は北海道から沖縄県まで、啄木の軌跡を追って、実際にその土地を歩き、地元の啄木愛好者の思いを掬い上げた。連載は4月4日スタートし11月28日まで34回にわたった。取材で、実際に確認した碑は１００基近く、紙面で写真付きで紹介したものは70基以上となった。歌碑の中には、啄木自身とは無縁だが啄木ゆかりの人物に関わりのある土地に建てられた碑や、東日本大震災の津波で流されてしまった碑も含まれる。

現地取材だけではなく、関係文献も丹念に読み込み、第一線の研究者にもインタビューを行った。連載当時から、岩手日報読者や国際啄木学会関係者らから書籍化の要望が多数寄せられた。単なるガイド本ではないことの証であろう。歌碑巡りの手引きとして、啄木文学理解の一助として活用してほしい。

感性豊かな若者たちへ―

「啄木の歌を五首覚えられたら、あなたはすこし、変わるかもしれない」

２０１３年8月

岩手日報社代表取締役社長　三浦　宏

目次

プロローグ

第一部　青春の輝き

第二部　漂泊の旅路

第三部　苦闘の果て

エピローグ

文中の啄木作品の表記は「石川啄木全集」(筑摩書房、１９７８～79年)をもとにしています。漢字表記は常用漢字を基本とし、ルビは省略したものがあります。

プロローグ

北上川と岩手山を望む場所に90年前に建てられた最初の歌碑。啄木の望郷の思いを象徴する風景となり、多くの愛好者が足を運ぶ＝岩手県盛岡市玉山区渋民

プロローグ①

無名青年たちの熱意

望郷の地（岩手県盛岡市玉山区）

漂泊の詩人、石川啄木が26歳の若さでこの世を去って2012年で100年。古里の渋民から盛岡、北海道、東京と足跡を残した土地に、啄木とその作品を愛する人々によって多くの碑が建てられた。文字に刻まれた作品と、人々の思いとともに啄木の人生をたどる。

やはらかに柳あをめる
北上の岸辺目に見ゆ
泣けとごとくに

雪の積もった岩手山を間近に望む、北上川を見下ろす丘の上。空に向かって伸びる歌碑は、数々の歌に望郷の思いを託した啄木を象徴する場所として、多くの人々に親しまれている。

歌碑は、啄木の死から10年後の1922（大正11）年、現在の盛岡市玉山区渋民の渋民公園に建てられた。除幕式は命日の4月13日。今は各地にある啄木を顕彰する碑の中で、最初のものとなった。刻まれた歌は早春の情景が色鮮やかに詠まれ、「や」音と「き」音の繰返しも美しく、故郷を思う心情が凝縮されている。

——共感集める

啄木は結核を患い、東京・久堅《ひさかた》町（現・東京都文京区小石川5丁目）の借家で家族と友人に見守られて息を引き取った。残された妻節子は同じ病気に苦しみ、函館に移り住んだ実家の堀合家を頼る。啄木は、翌年亡くなった節子とともに函館の墓に葬られた。

没後1年のこの年、晩年に最も親しかった友人土岐《とき》善麿《ぜんまろ》の編集によって、詩や評論を集めた「啄木遺稿」が出版された。没後7年目には初の全集も刊行。多くの人々の共感を集めるようになっていく。

「啄木を古里に迎える」。歌碑の建立に立ち上がったのは、渋民尋常《じんじょう》高等小学校代用教員時代の啄木の教え子や、在京の学生たち。盛岡を訪れた小説家江馬修《えまなかし》の発案だった。盛岡中学（現・盛岡一高）時代から親交の深い金田一京助《きんだいちきょうすけ》や、土岐らの講演会を盛岡と東京で開き、資金を集めた。碑は台座を含むと高さ約4メートル。村民ら200人余が姫神山から巨大な花こう岩を切り出し、そりに載せて雪の上を3日がかりで運んだ。

　新聞活字で刻まれた歌は、生前に刊行した唯一の歌集「一握の砂」に収めたもの。碑の裏面には「無名青年の徒之を建つ」と記した。除幕式には金田一が祝辞を寄せ「渋民全村の家々の人たちの手と生《キ》一本の青年たちの涙と汗とを以て此處に建てた不磨の贈物」と、人々の行動をたたえた。土岐も「北上の岸辺の柳目にみゆと／嘆きし友をそこに葬る」と短歌を贈り、啄木の「帰郷」を祝った。

　二人の祝辞と書は、歌碑から500メートルほど東にある石川啄木記念館に収められている。学芸員の山本玲子さんは「第1号の歌碑は古里として最初の啄木の評価といえる。函館の墓が今のような墓碑になる前、古里に立派な碑ができた」と「無名青年」たちの熱意に思いをはせる。

　啄木が代用教員を免職となり、故郷を去ったのは1907（明治40）年5月4日。21歳だった。宗費を滞納し、宝徳寺《ほうとくじ》住職を免職となっていた父一禎《いってい》は家出。母カツ、妻節子とも離れて、啄木は妹と北海道へ向かう。「石をもて追はるるごとく／ふるさとを出でしかなしみ／消ゆる時なし」（「一握の砂」）。啄木は、この日を最後に故郷に戻ることはなかった。

——遺族の願い

最初の歌碑から半世紀近く過ぎた1970年、宝徳寺に近い高台に石川啄木記念館が開館した。玄関に向かって左側に「石川啄木慰霊塔」が渋民の街並みを見下ろすように建っている。

　啄木の妹、故三浦光子《みつこ》さんは、兄が思いを寄せた古里に墓を建て、函館から分骨することを訴え続けたが、実現しなかった。遺族の願いと、墓に代わるものがほしいという

最初の顕彰碑建立に関わった青年たち＝1922年（石川啄木記念館所蔵）

石川啄木記念館裏手の高台にある啄木の慰霊塔＝盛岡市玉山区渋民

【アクセス】

石川啄木記念館は、盛岡市玉山区渋民字渋民9。電話は019･683･2315。IGRいわて銀河鉄道渋民駅から自動車で約5分、徒歩約30分。好摩駅から自動車で約8分。東北自動車道滝沢ICから国道4号を青森方面へ約8キロ、約10分。入館料は大人450円、大学生・高校生320円、中学生・小学生200円（小学校2年生以下無料）。電話019・683・2315

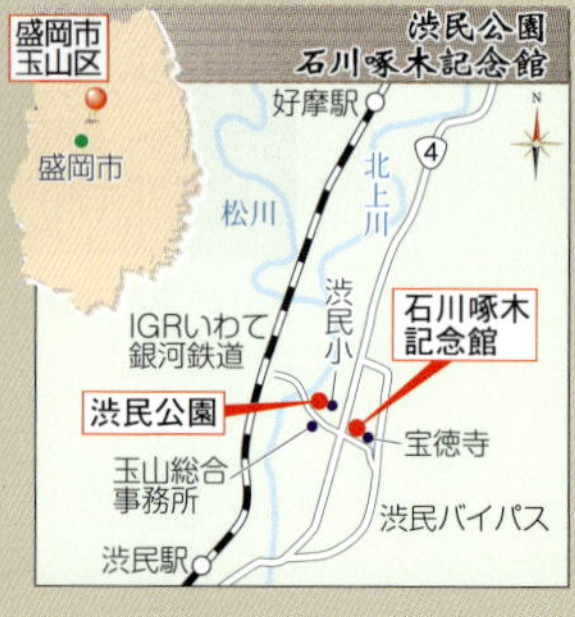

地元の声に応えて、記念館を運営する財団が83年に慰霊塔を建てた。86年に現在の記念館が隣接地に建ち、裏山のような場所に変わった慰霊塔を訪ねる人は少ない。

裏面に刻んだのは、亡くなる10カ月前に病床で作った歌。没後刊行された歌集「悲しき玩具」に収められている。故郷の風景を巧みに詠んだ「やはらかに―」の歌と対照的に、死を意識した25歳の啄木の痛切な思いが心に響く。

今日もまた胸に痛みあり。
死ぬならば、
ふるさとに行きて死なむと思ふ。

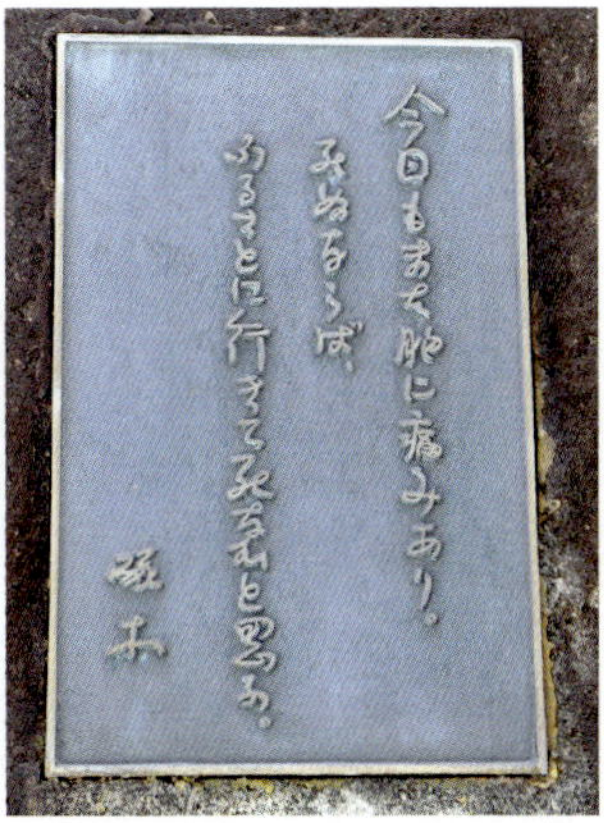

慰霊塔の裏面に刻まれた歌

【余話】

守った原形の素朴さ

渋民公園の歌碑は最初、現在よりも約50メートル上流側に建てられた。北上川が浸食して地盤が崩れそうになり、戦時中の1943年に移転。83年には碑の周囲をコンクリートと花こう岩で円形に囲み土台を補強したが、「人工的で、素朴な味わいを損なう」と批判が相次ぎ、原形に近い状態に戻した。碑の文字は当初、土岐善麿に依頼したが、土岐は「まだ生きていて評価の定まっていない自分が啄木の記念碑に文字を書くことは僭越（せんえつ）」と断った。

啄木の故郷渋民では毎年、命日の4月13日に幼少期を過ごした宝徳寺で啄木忌、6月に啄木祭が開かれる。法要や記念行事を通して、住民が顕彰活動を続けている。

石川啄木が最後に暮らした久堅町の家の周辺。左側の５階建てマンションに終焉の地の解説板がある
＝東京都文京区

プロローグ②

孤独際立つ都市生活

終焉の地（東京都文京区）　**等光寺**（東京都台東区）

浅草の夜のにぎはひに
まぎれ入り
まぎれ出で来しさびしき心

茗荷谷《みょうがだに》の駅を地下鉄丸ノ内線で降り、小石川図書館の前を過ぎて少し歩くと、石川啄木が最晩年に暮らした家があった場所に出る。

小石川区久堅《ひさかた》町七十四番地。今は文京区小石川5丁目となった一帯は、表通りに近いマンションが途切れ、一軒家が増えてくる。かつてあった「石川啄木終焉《しゅうえん》の地」の石柱は姿を消し、家があった場所に建つマンションの白い壁に小さな解説板が張り付けてある。

1912（明治45）年4月13日午前9時半。啄木はこの借家で静かに息を引き取った。26歳の短い人生だった。みとったのは妻節子と上京してきた父一禎、歌人の若山《わかやま》牧水《ぼくすい》。後に牧水が記した文章によると、初夏のように暑い日で、庭の八重桜が空を覆うように咲いていたという。

妻子と母カツの一家4人がここに移ったのは前年8月。2階を間借りしていた弓町（現・文京区本郷2丁目）の理髪店「喜之床《きのとこ》」から転居した。啄木の病気が大きな理由だった。

東京朝日新聞に校正係の職を得て、歌集「一握の砂」を刊行。順調に回りかけた人生に影を落としたのは肺の病だった。以前からの借金に薬代が重くのしかかる。晩年の日記には、節子が月初めに給料の前借りに会社に出向く様子が毎月のように記されている。

移り変わり

「今の道は無くて細いドブがあった。交差するように路地があり、そっちを通っていた」。向かいの場所に戦前から住む清水正さん（74）は幼少期を振り返る。啄木が住んだ家は戦前にはあったと、親から聞いた。ここに引っ越すときに啄木の家も下見したが、木々がうっそうとして暗く、少し狭かったので今の場所にある家にしたという。その後、戦災によって一帯は焼け野原となり、区画整理が行われた。家の前に新しい道ができ、啄木がいた頃の雰囲気は無くなった。

終焉の地は1952年、東京都旧跡に指定。67年に石柱ができ、命日には追悼会が開かれた。数年前までは、地元町内会の女性が中心になって訪れる人々をもてなした。

没後100年の2012年は、久堅西町会会長の井上義一《よしかず》さん（76）ら地元有志が法要と啄木をしのぶ講演会を初めて企画した。「全国から毎年、多くの人たちが訪れていることに感激した」という井上さん。「自分の親が病気になって、病と貧困という啄木の不遇な人生に同情を感じた」と、啄木に特別な親しみを抱く。

「終焉の地」の石柱は、隣接地との境界に建っていたことから東京都教委が07年12月に撤去。解説板のあるマンションの所有者も、啄木に家を貸した一家の子孫から別の所有者に代わった。

繁華街の陰

啄木の葬儀は4月15日、晩年に最も親しかった土岐《とき》善麿《ぜんまろ》の好意により、松清《まつきよ》町（現・台東区西浅草1丁目）にある土岐の生家、等光《とうこう》寺で営まれた。2カ月前にも母カツの葬儀を行ったばかりだった。

葬儀には、土岐や盛岡中学からの友人金田一京助のほか夏目漱石、北原白秋ら四十人余りが参列。貧しかった啄木らしい簡素なものだった。遺骨は、等光寺の墓地に一度埋葬された。その後、妻節子が移り住んだ函館に運ばれ、墓が作ら

啄木が最期を迎えた家の周辺。中央の２階建ての家の場所に啄木の家があり、当時は平屋だった（盛岡てがみ館所蔵）

「終焉の地」にある解説板の前で、戦災前の街並みを語る清水正さん（左）と井上義一さん

歌とともに啄木の肖像が刻まれた等光寺の歌碑＝東京都台東区

【アクセス】

石川啄木終焉の地は、文京区小石川5丁目11の7。地下鉄丸ノ内線茗荷谷駅下車、徒歩で約5分。等光寺は台東区西浅草1丁目6の1。地下鉄銀座線田原町（たわらまち）駅下車、徒歩で約3分。

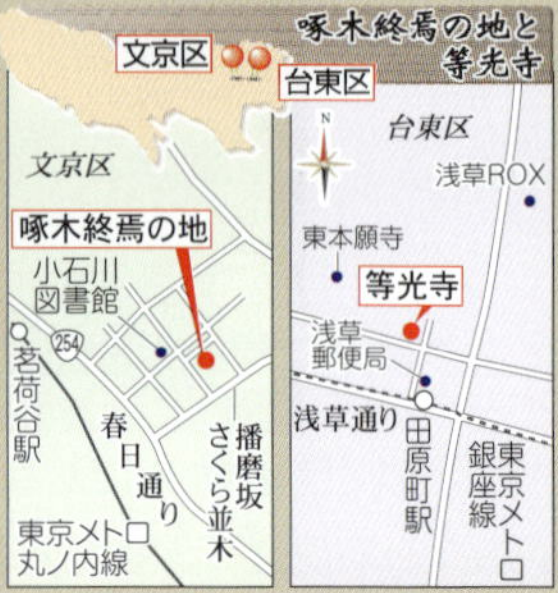

れた。

18年後には、相次いで亡くなった啄木の二人の娘、京子と房江の葬儀も等光寺で営まれ、一族と深い縁がある。没後は命日に合わせて、啄木の文学を語る追想会が、しばらく開かれていた。

等光寺は地下鉄田原町駅に近く、浅草国際通りから西に一本入った場所にある。周囲にも寺院が多く、観光客でにぎわう華やかな表通りと違った雰囲気が漂う。

浅草の夜のにぎはひに
まぎれ入り
まぎれ出で来しさびしき心

1955年10月27日。門を入ってすぐ右側に歌碑が建てられた。黒御影石に啄木の肖像が添えられている。

第1歌集「一握の砂」収録の歌に詠まれた当時の浅草は、活動写真館など近代的な娯楽施設が立ち並び、庶民の歓楽街としてにぎわいをみせていた。繁華街の人の群れの中にまぎれるように入り込み、そっと出て来るという情景に、都市生活者の孤独と悲哀を浮かび上がらせている。


【余話】
生きた証し守りたい

「大塚線清水谷の電車停留所附近より右へ入り二三度折れ曲つて約二丁許(ばかり)」。啄木は、久堅町への引っ越しを伝える土岐善麿宛ての書簡に記した。路地が入り組んで分かりにくい様子が伝わる。

若山牧水は、薬代を払えない啄木のため歌集「一握の砂」後の作品をまとめた歌集の出版を計画した。原稿を託された土岐が出版社との契約をまとめ、原稿料が入ったのは亡くなる4日前。歌集は没後、土岐が編集、命名し「悲しき玩具」として刊行された。「終焉の地」の石柱について、国際啄木学会東京支部(大室精一支部長)は、地元文京区などに再建を働き掛けている。

等光寺の歌碑の除幕式には、金田一京助や土岐ら約200人が集まった。当時は、戦災で焼けた本堂がまだ再建されず、バラックのような建物だったという。歌碑は傷みが激しく、10年ほど前から拓本を取ることは許可していない。

立待岬に近い共同墓地にある啄木一族の墓。函館の街を一望できる場所に建っている＝北海道函館市

プロローグ③

遺稿守る第二の古里

永眠の地（北海道函館市）

東海の小島の磯の白砂に
われ泣きぬれて
蟹とたはむる

死ぬならば、ふるさとに行きて死なむ――。悲痛な望郷の思いを歌にして逝った石川啄木の墓は、古里渋民から北に約200キロ離れた函館にある。

津軽海峡の向こうに下北半島を望む立待《たちまち》岬。共同墓地の一角に啄木一族の墓が建っている。潮風が薫る墓前に立つと、右側に大森浜の海岸線がはるかに弧を描き、左にはこんもりとした函館山が迫っている。

今から100年前の4月13日、啄木は東京で亡くなった。身重の妻節子は翌月、結核療養のため、5歳の長女京子とともに房州・北条町（現・千葉県館山市）に移住。そこで次女房江が生まれた。

啄木晩年の友人土岐善麿に経済的な支援を受けたが、療養生活は苦しかった。節子は、函館に移り住んだ実家の堀合家を頼り、9月に北海道へ。翌1913（大正2）年5月5日、26歳で生涯を閉じる。

啄木の遺骨は同年3月に節子の意向により、葬儀をした東京の等光寺から函館に移した。運んだのは後に市立函館図書館の館長となり、遺稿の保存に力を尽くした岡田健蔵。上京の際に母カツ、長男真一の遺骨と一緒に東京から運んだ。

節子の四十九日に、現在より少し下の場所に埋葬。墓標には、節子の父堀合忠操《ちゅうそう》が「啄木石川一々族之墓」、啄木の歌から「東海の小島の磯の白砂にわれ泣きぬれて蟹とたはむる」と記した。角材の簡素な墓標だった。

自筆の文字

現在の墓は１９２６（大正15）年にできた。渋民に最初の歌碑が建ってから4年。岡田と宮崎郁雨《いくう》が中心となった。郁雨は函館の文学仲間の一人。啄木が函館を離れた後も経済的に支援した。歌集「一握の砂」の献辞に金田一京助とともに記された。後に節子の妹ふき子と結婚。啄木の義弟となったが、節子に送った手紙を啄木が目にしたことから晩年は疎遠になった。

東海の小島の磯の白砂に
われ泣きぬれて
蟹とたはむる

墓碑には「一握の砂」の冒頭歌が刻まれた。海と砂、カニの色彩にあふれる絵画的な情景。涙で頬をぬらしながらカニと戯れる自分自身の心の痛みを見つめ、助詞「の」音の連なりがズームアップの効果を生んでいる。

碑の文字は１９０８（明治41）年の歌稿ノート「暇ナ時」から。ノートの最終ページに抜き出して、大きく5行書きにしていたもの。現在の墓地は案内板が整備され、多くの人が訪れる。命日には函館啄木会が追悼会を開いている。

文庫を設立

啄木の死後、節子は日記や草稿などを手元に持っていた。「啄木が焼けと申しましたんですけれど、私の愛着が結局さうさせませんでした」。節子の言葉を郁雨が書き残している。

啄木一周忌には、岡田が私財を提供して作った私立の函館図書館で啄木を追想する催しが開かれ、作品を集める「啄木文庫」の設立を計画。岡田、郁雨らによって函館啄木会が組織された。節子の死後、義弟の郁雨を通じて函館図書館の「啄木文庫」に資料の大半が寄託された。

岡田の長女弘子さん（87）は現在、函館啄木会の代表理事の一人。市に移管後の函館図書館に約40年勤務し、館長も務めた。１９５６年に宮崎、石川両家と図書館が永

墓碑正面には啄木自筆ノートの文字を拡大した「東海の一」の歌が刻まれている

函館市文学館の特別企画展で、晩年の日記などを紹介する岡田弘子さん（中央）。館長の藤井良江さん（左）、元館長の大島吉憲さんとともに啄木の姿を伝えている

函館啄木会によって「啄木文庫」が作られた旧函館図書館。啄木の墓を移す際に遺骨が一時保管されていた書庫がある

【アクセス】

啄木一族の墓は、市電の谷地頭（やちがしら）停留場から徒歩で約15分。立待岬に近い南東寄りの場所にある。墓地を通る道路は冬期間、車が通行止めとなる。旧市立函館図書館のある函館公園は市電青柳町停留場から徒歩約1分。函館市文学館は市電末広町停留場前。入館料は一般300円、小学生から大学生150円。電話0138・22・9014。

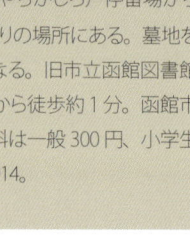

久寄託の文書を交わした時に会員となり、保存管理に携わってきた。

100年余りの時を経た資料は傷みが目立つ。「墨で和紙に書いた手紙は退色しないが、ノートにペンで書いたものは退色が進んでいる。糸もほつれてきたので、製本し直すか、どういう方法が良いのか考えている」という。

「暇ナ時」の複製刊行時は東京の出版社に原稿を持参。印刷が終わるまで付き添った。函館市末広町の市文学館で開催中の特別企画展は、日記など直筆資料を一部公開。陳列作業に立ち会うなど細心の注意を払う。「コピーでは納得しないんですね」と愛好者の熱意を受け止める。

啄木の函館生活は132日間。文学の仲間を得て、家族と楽しい時を過ごした。没後は墓が建てられ、日記と多くの遺稿が大切に守られている。26年2カ月の漂泊を終えて「第二の古里」といえる函館で眠っている。

【余話】

文学仲間ら 熱い思い

啄木の墓に刻まれた「東海の一」の舞台は、函館の大森浜とする説や「東海」は広く日本を指すとの説などさまざまな解釈がある。墓碑の裏は、宮崎郁雨宛て書簡から抜粋した「僕は矢張死ぬ時は函館で死にたいやうに思ふ」などの言葉。郁雨が新聞に連載した「一握の砂」の批評へのお礼が書かれ、1910(明治43)年12月21日付。節子に宛てた郁雨の手紙を目にした啄木が郁雨に絶交を伝える前のものだ。立待岬には啄木と親交のあった歌人与謝野寛、晶子夫妻が啄木と郁雨、岡田健蔵を詠んだ歌碑もある。

郁雨は、最初の墓を作る際、堀合家を通じて、当時室蘭に住んでいた啄木の父一禎(いってい)の意向を確認した経緯を書き残した。一禎からの「相談は迷惑」「適当に処置してほしい」という回答に岡田は「断然函館に建てる」と決意したという。啄木の一周忌の会では啄木の肖像画を披露。入院中の節子には翌日見せた。啄木生誕100年を記念して開館した市文学館に節子の肖像画とともに飾っている。

「啄木の歌は、自分の気持ちをそのまま文字にしたようで分かりやすい。その感動を誰かと共有したいと建てた碑が多い」と語る浅沼秀政さん＝岩手県盛岡市のJR盛岡駅前

プロローグ④

多くの人に生きる力

インタビュー

浅沼秀政さん（「啄木文学碑紀行」著者）

石川啄木の歌や詩を刻んだ文学碑は、岩手県盛岡市玉山区渋民の最初の碑に始まり、没後１００年を迎えて、各地で新たな碑が生まれている。「啄木文学碑紀行」の著者で国際啄木学会会員の浅沼秀政さん（岩手県滝沢村）に啄木と文学碑について聞いた。

―「啄木の文学碑」にも、さまざまなものがある。

「詩碑や記念碑を含めると、確認しているのは１７０基、歌碑に絞ると１５１基。近代日本の歌人の中ではかなり多い方だ。正確には把握できないが、歌人で一番多いのは若山牧水、それに次いで与謝野晶子。斎藤茂吉も多いはず。啄木はその次あたり。26歳で亡くなり、生活圏は岩手のほかは北海道と東京だけ。人生の短さと足跡を記した場所を考えると驚異的な数字といえる」

「文学碑や歌碑は本来、ゆかりのある場所に建てるべきだ。ただ、啄木の文学碑は、足跡を記していない場所にかなりの数が建てられている。個人で建てた碑も25基、15％近くある。ほかの歌人に比べてかなり特異な現象だと思っている」

―個人が建てた碑が多いのはなぜか。

「啄木短歌に対してそれだけ熱狂

的な人が多いということ。理由の一つは共感できる歌が多いからと、今は感じる。自分の現在の境遇や考え方に立った上で、共感できる歌は圧倒的に啄木。牧水、晶子は共感よりも調べの良さや格調の高さ。啄木のように生活を詠み込んだということがない」

「例えば『ふるさとの山に向ひて／言ふことなし／ふるさとの山はありがたきかな』は、誰でも自分が育った古里の山を思い浮かべることができる。全国に12基ぐらいあって最も多いはず。縁もゆかりもないところにある碑も、建てたいと興味を持っている人がいるだけで存在価値があると思うようになった」

―なぜ啄木の文学碑を本にまとめたのか。

「写真が趣味で、啄木だけでなく宮沢賢治や原敬の足跡を見て回っていた。勤めていた会社の創立30周年で社会貢献できる仕事を考えた時に、ちょうど啄木の生誕100年（1986年）で出版することになった。序文をいただいた遊座昭吾先生（元盛岡大教授、元国際啄木学会会長）に話したら『県内だけじゃなく全国やりなさいよ』と各地の啄木会を紹介してもらった」

「その頃はまだ啄木会が各地で活動していたので、北海道から沖縄まで資料がそろった。1回行って一発で仕事になるものではない。地元の強みは何度も行けること。ベストショットを提供してもらった。節目の年に碑が続々建ったので10年後に増訂版を作った」

―碑が増えた一方、誰が管理しているのか分からない碑もある。

「没後100年で調査しているが、特に個人で建てた碑は、建てた方が亡くなったり、別の場所に移ったりして所在不明や破棄されたものが目立つ。管理をどうするか考えた上で建てないと、今後もこういうことが続くのではないかと懸念している」

「もう一つ、数を競うようになると粗製乱造になる。それでは駄目だと思う。私はよく『歌碑の純度』と言うけれど、碑石の大きさ、刻む歌の内容、誰が文字を書くのか。これがしっかりしていないと質は落ちる。没後10年目に建てた碑が理想的。教え子が石を提供し、新聞活字体、背景の岩手山、無名青年が建設―。岩手公園の碑もいい。生涯の親友だった金田一京助の躍るような文字と、城跡そのものの歌。そこになければおかしいという碑が一番望ましい」

―碑を巡って感じた啄木の魅力は。

「ひところ人間的にだらしないとか、うそつきだとか、悪いイメージでとらえられていたが、時間が経過すると評価は変化する。現代の閉そく感に通じる明治末期の暗い世相の中、北海道の1年と東京の1年を経て人が変わったようになる。死を覚悟するくらい全く金のない状態が続き、怒りをぶつけ、いじめるように歌を作った」

「その後の1年数カ月に彼の名声を決定づける歌集『一握の砂』、評論『時代閉塞の現状』、詩稿ノート『呼子と口笛』などを作った。今いかに多くの人に希望を与え、生きる力を与え、時代を見抜く力、洞察力を感じさせることからすれば稀有《けう》の文学者。生き方も含めて非常に面白い」

【あさぬま・ひでまさ】

1949年岩手県花巻市生まれ。早稲田大卒。教育関係の会社に勤務した。86年「啄木文学碑のすべて」、96年に増訂版となる「啄木文学碑紀行」を出版した。国際啄木学会会員。滝沢村在住。

【余話】

盛岡駅名表示に筆跡

JR盛岡駅前「滝の広場」にある歌碑は1962年、啄木の五十回忌を記念して当時の盛岡啄木会が計画。興産相互銀行(現・北日本銀行)の協賛により建てられた。

「ふるさとの山に向ひて/言ふことなし/ふるさとの山はありがたきかな」は歌集「一握の砂」に収録。5章構成の歌集のうち、古里・渋民への回想歌を集めた「煙二」の54首を締めくくる。啄木の文字を集めて刻んだ。碑石は白御影石で啄木歌碑では最大。縦2メートル、横4.1メートル、奥行き1.2メートルで重さ25トン。当時は碑の表側が駅舎に向いていた。

東北新幹線工事に伴い、盛岡市高松1丁目の市立図書館に一時移設。新幹線開業前月の82年5月、盛岡駅前に8年半ぶりに戻った。新駅舎の駅名表示「もりおか」の文字も啄木の筆跡が使われている。

いしぶみ散歩①

■岩山公園（岩手県盛岡市）

盛岡市新庄の「啄木望郷の丘」は岩山公園内に盛岡観光協会（現・盛岡観光コンベンション協会）が中心となって整備。市街を見渡す場所にあり、１９８２年11月29日に啄木像の除幕式を行った。歌碑は、啄木像に向かい合うように設置。妻節子と夫婦での歌碑は初めて。

啄木の歌は「汽車の窓／はるかに北に故郷の／山見えくれば襟を正すも」。１９１０（明治43）年８月28日の歌稿ノートから。懐かしい故郷に近づく喜びと緊張を詠んだ。歌集「一握の砂」にも収録した。節子は「光り淡く／こほろぎ啼きし夕より／秋の入り来とこの胸抱きぬ」。盛岡の新婚時代に刊行した文芸雑誌「小天地」に発表した。

啄木像は、ほぼ等身大で羽織はかま姿。古里に思い

←盛岡市街を一望する岩山に建てられた啄木像（左）と啄木夫妻の歌碑

↑夫婦の歌が初めて刻まれた岩山公園の啄木歌碑

をはせるように腕を組み、目を閉じている。岩手県北上市和賀町出身の彫刻家照井栄さんが制作した。

■ＩＧＲいわて銀河鉄道好摩駅（岩手県盛岡市玉山区）

　１９５４年に作られた木製の珍しい歌碑。盛岡市玉山区のＩＧＲいわて銀河鉄道好摩駅の駅舎は２０１１年５月に新築され、歌碑は駅舎２階改札口近くに移設された。改築前は１階にあった改札を出て右側の１番ホームに建っていたという。

好摩駅にある木製の珍しい歌碑

　啄木が暮らした当時は渋民駅がなく、好摩駅が渋民の玄関口だった。「霧ふかき好摩の原の／停車場の／朝の虫こそ／すゞろなりけれ」は、歌集「一握の砂」に収めた。朝霧の深い好摩駅に虫の声が響く情景に何となく心動かされる様子を歌に詠んだ。

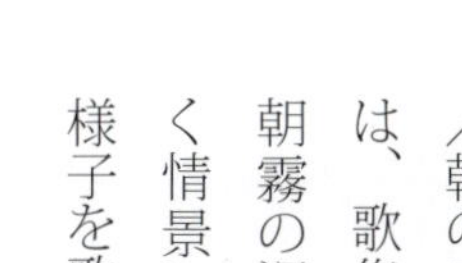

■渋民緑地公園（岩手県盛岡市玉山区）

　盛岡市玉山区の渋民緑地公園は１９８８年４月に開設。展望台の石造りの案内板に「ふるさとの山に向ひて／言ふことなし／ふるさとの山はありがたきかな」と、啄木の自筆文字で刻んだ。

　啄木が「生命の森」と呼び、好んで散策した愛宕山。小説「雲は天才である」には歌詞として「春まだ浅く月若き／生命《いのち》の森の夜の香に／あくがれ出でて我が魂《たま》

渋民緑地公園の展望台に刻まれた啄木の歌

の／夢むともなく夢むれば…」と詠んでいる。

啄木が代用教員として勤務した渋民尋常高等小学校はふもとにあった。小説「鳥影」に「愛宕山の鬱蒼《こんもり》した木立を背負つた様にして立つてゐる」と描写された。

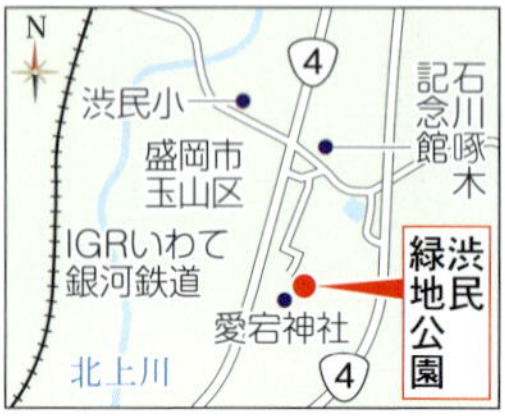

寺堤（岩手県盛岡市玉山区）

閑古鳥！
渋民村の山荘をめぐる林の
あかつきなつかし。

歌稿ノート「一握の砂以後」の一首。歌集「悲しき玩具」では「！」が「—」となった。閑古鳥はカッコウ、山荘は幼年期を過ごした盛岡市玉山区の宝徳寺とい

宝徳寺に近い寺堤にある歌碑

う。故郷を離れ、かつて暮らした場所の夜明けの情景を懐かしむ。

旧玉山村商工会（2008年盛岡商工会議所と合併）創立30周年記念事業の一つ。1991年10月、同寺に近い寺堤に建てられ、啄木の自筆文字を集めた。国道4号渋民バイパス工事に伴い移設。碑の正面が寺堤側に変わった。

■川崎展望地（岩手県盛岡市玉山区）

今日ひよいと山が恋しくて
山に来ぬ。
去年腰掛けし石をさがすかな。

歌集「悲しき玩具」に収められた。懐かしく恋しい山に来て、1年前に腰掛けた石に当時の自分の姿を重ねるような複雑な思いを詠んだ。

2008年4月に盛岡商工会議所と合併した旧玉山村商工会が創立30周年記念事業として建てた歌碑4基の一つ。1991年10月、盛岡市玉山区の川崎展望地に建立した。

石川啄木記念館から西へ車で約5分。展望地に登る歩道は、急傾斜で足元が良くないので注意が必要だ。

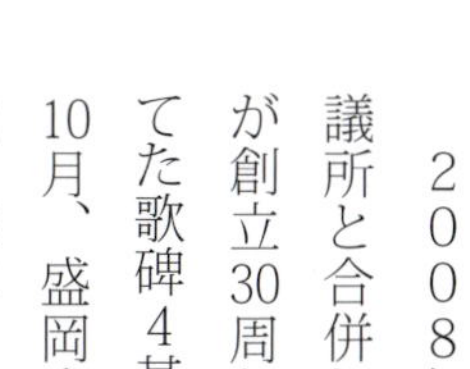

遠くに姫神山を望む地に立つ川崎展望地の碑

第一部

青春の輝き

豊かな自然に抱かれて啄木が幼年期から少年期を過ごした宝徳寺。左は詩「凌霄花」の碑＝岩手県盛岡市玉山区

第一部　青春の輝き①

故郷の四季が源泉に

常光寺、宝徳寺（岩手県盛岡市玉山区）

没後100年を経て、今も多くの人々の共感を呼ぶ石川啄木の歌の数々。その源には、ふるさと渋民の自然や多感な少年時代を過ごした盛岡の友など、さまざまな出合いがあった。第1部は、若き日の啄木の姿を追いながら、岩手県内を中心に文学碑を紹介する。

ふるさとの寺の畔《ほとり》の
ひばの木の
いただきに来て啼《な》きし閑古鳥！

石川啄木は、寺の長男として日戸《ひのと》村（現・盛岡市玉山区日戸）で生まれた。多くの歌に「ふるさと」と詠んだ渋民から東南へ約10キロ。緑豊かな山あいに民家が点在する地域に、啄木の父石川一禎《いってい》が住職を務めた常光寺がある。

啄木の母となる工藤カツを伴い、第22世住職として一禎が赴任したのは1875（明治8）年。ここで長女サダ、次女トラに続いて、男児が生まれた。

一《はじめ》と名付けられた子は戸籍上、カツの長男として届け出た。当時、曹洞宗の僧侶は表立って結婚できなかった。カツを入籍するまでの6年余り、啄木は「工藤一」と名乗っていた。

京助の筆字

「石川啄木生誕之地」の記念碑は、スギの巨木が立ち並ぶ常光寺の門の横にある。啄木の生誕70年を記念して地元住民が建てた。生涯の友人だった金田一京助の流麗な筆文字が刻まれている。

啄木の誕生日は、戸籍に残る1886（明治19）年2月20日が通説だが、前年とする説もある。啄木自身のメモや、友人たちが啄木の話を書き残しているためだ。

盛岡高等小学校（現・下橋中）と盛岡中学（現・盛岡一高）で一緒だった故伊東圭一郎さんは、啄木の言葉として「自分は明治十八年生れで、君と同じ年だが、役場に届け出るのが遅れたので、明治十九年になっている」と著書「人間啄木」に記している。生誕の地の記念碑は、前年説（1885年10月27日）に合わせて除幕された。

　常光寺には、一家が使った八畳間が復元されている。40年ほど前に本堂を建て替えた際、啄木が暮らした当時の柱などを残して造った。「以前の畳はもう少し大きかったけれど、当時のサイズに合わせて少し小さくしたそうです」。第27世住職の豊巻宗道《しゅうどう》さん（61）が教えてくれた。

　寺には、一禎の時代に作った地蔵や太鼓、行事の始まりを告げる殿鐘《でんしょう》が残っている。「一禎さんの文字はとてもきれいで歌も作った。能力のある人だから、宝徳寺に移ったと思う。啄木の才能も見抜いていたんじゃないでしょうか」と豊巻さん。寺にある写真には、建て替え前のかやぶき屋根の本堂が写っている。うっそうとした木々に囲まれ、啄木が生まれた頃の雰囲気がしのばれる。

　一家が隣村の渋民（現・盛岡市玉山区渋民）にある宝徳寺に移ったのは1887（明治20）年の春。一禎は第15世住職となり、啄木はまだ1歳だった。

ふるさとの寺の畔の
ひばの木の
いただきに来て啼きし閑古鳥！

――病床で詠む

啄木が亡くなる前年に病床で詠んだ閑古鳥《かんこどり》（カッコウ）の歌。夢に突然現れたカッコウの鳴き声から、幼い日の故郷の緑や寺を懐かしく思い出す――。啄木の心情をつづる物語のような4首続きの一つ。歌集「悲しき玩具」に収められた。

　歌碑は、樹齢約350年のヒバ（別名さわら）の近くにある。啄木五十回忌の1961年4月13日に建てられた。

　本堂脇の玄関を入り、訪問者を最初に迎えるのが「啄木の間」。2001年に、一禎が建てた旧本堂の柱材などを使って、啄木が過ごした八畳二間続きの部屋を復元

病床で詠んだ閑古鳥の歌を刻む宝徳寺の歌碑

啄木の父一禎が住職を 12 年間務めた常光寺。生誕の地を記念する碑が建っている＝盛岡市玉山区

【アクセス】

常光寺は、盛岡市中心部から自動車で約 20 分、石川啄木記念館から自動車で約 10 分。盛岡市玉山区日戸字古屋敷 71。見学は予約が必要。電話 019･685･2520。宝徳寺は、石川啄木記念館の東隣。盛岡市玉山区渋民字渋民 2 の 1。こちらも見学には予約が必要。電話 019･683･2616。

した。今は応接間として使っている。

「本堂を建て替える時に、啄木に関わるものを残したいと、前の住職が当時の木を使うことにした」と第19世住職の遊座芳匡《ほうきょう》さん（36）。啄木が盛岡中学時代に使った筆名で、浮き草を意味する「白蘋《はくひん》」の池が庭に見える。友人を招いて歌を作り、夜を徹して語り合った啄木の姿を感じさせる。

詩集刊行のため上京する18歳まで、啄木にとっての家はこの寺だった。当時は、宿場町の名残を残す集落から東に２００メートルほど外れ、スギやヒバに囲まれた山の中腹にあった。３姉妹の間で、長男として自由に育てられた啄木。四季折々の自然が奏でる音や鳥の声を聞きながら成長していく。

常光寺にある「啄木誕生の間」。部屋の造りに当時の雰囲気を残している

【余話】

生誕の場所にも諸説

宝徳寺は1658（万治元）年に開かれた。啄木の父一禎が住職を務め、啄木が渋民で最も長く暮らした場所。啄木の命日4月13日には啄木忌が営まれる。

住職の遊座芳匡さんによると、啄木歌碑の石には「兄弟石」が二つある。渋民公園に建てられた最初の啄木歌碑と、本堂前の「三界萬霊（さんがいばんれい）」の碑で、姫神山から切り出して運んだ時に割れたものという。境内には啄木の碑がもう一つあり、詩「凌霄花（のうぜんかずら）」の碑が本堂前に建っている。

常光寺は寛永年間（1624～44年）の創建。啄木の生誕をめぐっては、誕生日だけでなく生まれた場所も諸説ある。実際に生まれたのは常光寺ではなく、近くの民家だったとする説もある。「啄木が生まれたのはヤマブドウ収穫の頃だったという話を近所の人から聞いたことがある」というのは常光寺住職の豊巻宗道さん。作品だけでなく、啄木の人生もまた興味が尽きない。

先輩・啄木の姿を感じながら子どもたちが学ぶ渋民小学校。啄木が作詞した校歌の碑が玄関横に建っている＝岩手県盛岡市玉山区

第一部　青春の輝き②

守り継ぐ先輩の感性

渋民小学校（岩手県盛岡市玉山区）

春まだ浅く月若き
生命《いのち》の森の夜の香に
あくがれ出でて我が魂《たま》の
夢むともなく夢むれば…

渋民・宝徳寺の長男として成長した啄木は１８９１（明治24）年、就学年齢より1年早く、5歳で渋民尋常小学校（現・渋民小学校）に入学する。当時の校舎は、盛岡市玉山区渋民の石川啄木記念館の敷地内に移築復元されている。板でふいた柾《まさ》屋根の木造校舎が啄木が通った頃の雰囲気を伝えている。

啄木の入学は、５月２日だった。幼少時の経験がもとになった小説「二筋の血」には「私の遊び仲間であつた一歳二歳《ひとつふたつ》年長の子供等が、五人も七人も一度に学校に上つて了つて、淋しくて〱耐《たま》らぬ所から、毎日の様に好人物の父に強請《ねだ》つた」とあり、就学の事情をうかがわせる。同級生の回想では、啄木は入学当初、それほど優れた成績ではなかったが、３、４年には首席を争い、卒業時に「神童」と呼ばれるほどになったという。

——旧校舎清掃

渋民小（鳥羽真喜子校長、児童２５８人）は１８７３（明治６）年に開校した。草創期は宝徳寺を借りていたが、１８８４（明治17）年に集落の南端にある愛宕神社近くに校舎を新築。幼い啄木が通ったのはこの校舎だ。現在の校舎は移転や改築を経て、２００８年にできた。最初の啄木歌碑が建つ渋民公園の隣にある。

その昔
小学校の柾屋根に我が投げし鞠《まり》
いかにかなりけむ

校門を入ってすぐ、玄関に向かい合うように建つ碑は、無邪気な少年時代を追想する歌を刻む。1983年3月、当時の6年生47人が卒業記念として建てた。台座に並ぶ石は、近くの北上川河原から全員で集めた。

桜の便りが届いた2012年4月下旬、啄木の後輩に当たる6年生48人は、学校から歩いて5分ほどの距離にある石川啄木記念館で、啄木ゆかりの旧渋民尋常小校舎と旧斉藤家の清掃に汗を流した。大型連休を控えたこの時期の恒例行事。冬の間にたまったほこりを拭き取った雑巾は、すぐ真っ黒になった。

児童たちは日頃、啄木の作品や人生に触れながら学校生活を送っている。毎朝、校内放送で「今日の啄木短歌」が流れ、総合学習は渋民と啄木の関わり、啄木の作品を学ぶ。月1回の「俳句・短歌の日」は創作活動、秋には校内かるた大会も開かれる。さらに、母校を象徴するものの一つに啄木が作詞した校歌がある。

春まだ浅く月若き
生命の森の夜の香に
あくがれ出でて我が魂の
夢むともなく夢むれば…

啄木最初の小説「雲は天才である」の中で、主人公の代用教員が作った歌の詞をもとに、創立80周年の1953年に校歌として制定した。

――身近な存在

36年制作の映画「情熱の詩人啄木～ふるさと篇」では、哀愁を帯びた古賀政男の曲に乗せて劇中で歌われた。小説に書いていない5、6行目は助監督が創作した。校歌にする際には、児童向けに新しく曲を付けた。創立110年の83年に校歌の碑が作られ、児童が毎日使う玄関の横に建っている。

啄木の後輩たちと話をすると、

小学校時代の啄木を思いながら、旧渋民尋常小学校校舎をきれいにする渋民小の6年生

啄木が代用教員として勤めた頃の渋民尋常高等小学校。右側が高等科として増築されている＝1906（明治39）年撮影、石川啄木記念館提供

小学校時代を回想する歌を刻んだ渋民小の歌碑

【アクセス】

渋民小学校は、盛岡市玉山区渋民字鶴塚 114。電話 019・683・2254。碑の見学は学校に連絡を。旧渋民尋常小学校のある石川啄木記念館は、盛岡市玉山区渋民字渋民 9。IGR いわて銀河鉄道渋民駅から自動車で約 5 分、徒歩約 30 分。好摩駅から自動車で約 8 分。東北自動車道滝沢 IC から国道 4 号を青森方面へ約 8 キロ、約 10 分。電話 019・683・2315。

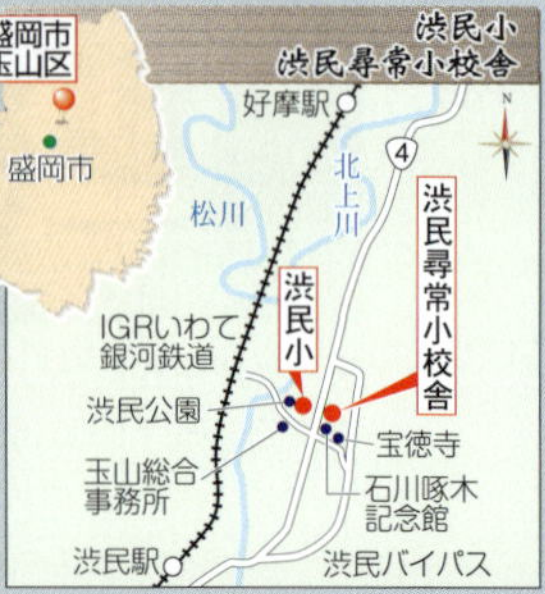

啄木短歌がすらすらと出てくる。高橋舞さん（6年）は「考えがすぐ歌になり、すごい数の短歌を作った人」、金井日向《ひゅうが》君（同）は「全国の人が知っている短歌を作った。同じ学校で学んでいることは誇り」と語る。

同校は啄木百回忌の2011年から、6年生の修学旅行先を函館に変更。啄木一族の墓などゆかりの場所を訪れ、啄木をより身近な存在として学習に取り入れている。

啄木は1895（明治28）年に渋民尋常小を卒業。盛岡高等小学校に進み、11年後に代用教員として母校に戻る。そこで「校友歌」と「別れ」という唱歌を作った。校友歌は旧制一高寮歌の曲。「別れ」は滝廉太郎作曲の唱歌「荒城の月」の曲に乗せて、渋民小の卒業式で今も歌い継がれている。

【余話】

文字を集め校名標に

渋民時代に「神童」と呼ばれた啄木。当時を回想して「小学の首席を我と争ひし／友のいとなむ／木賃宿（きちんやど）かな」「一握の砂」）、「そのかみの神童の名の／かなしさよ／ふるさとに来て泣くはそのこと」（同）などの歌を詠んでいる。

現在の渋民小には校史室があり、啄木の写真など資料を展示している。玄関にある石板の校名標は1986年、生誕百年祭に啄木の文字を集めて刻んだ。繊細で鋭い筆文字に「石川一書」と添えられ、丸みのある見慣れた文字と異なる印象だ。

4~6年生の鼓笛隊は毎年6月の啄木祭に出演。校歌や校友歌など啄木ゆかりの曲を披露する。半世紀前の啄木五十回忌には在京岩手県人会主催の「石川啄木をしのぶつどい」に参加。東京駅からオフィス街をパレードして校歌を演奏した。

映画で使った古賀政男作曲の「春まだ浅く」は盛岡市役所本庁舎から午前8時半、正午、午後6時の時報として流れ、市民に親しまれている。

下橋中の創立90周年を記念して建てられた歌碑。金田一京助が啄木の短歌を書にして二人の母校に贈った＝岩手県盛岡市馬場町

第一部　青春の輝き③

卒業生の歴史に誇り

下橋中学校（岩手県盛岡市）

その昔
小学校の柾《まさ》屋根に我が投げし鞠《まり》
いかにかなりけむ

1895（明治28）年、啄木は渋民尋常小学校を卒業し、盛岡高等小学校（現・下橋中学校）に進む。9歳の啄木は小柄でかわいらしい子だった。「糸切り歯が見え、笑うと右の頬にえくぼが出た」。在学中の3年間、啄木の隣の席だった伊東圭一郎は著書「人間啄木」に記している。座席は身長順。啄木は、伊東と同じ「チビ組」（同書）だった。

故郷・渋民から南に約20キロ。盛岡市中心部を流れる中津川の岸に学校はあった。今も同じ場所にある下橋中からは、盛岡藩主南部氏の居城だった盛岡城跡の石垣と緑の木々を川の向こうに望むことができる。

開校は1887（明治20）年。前年の小学校令に伴い設置された4年制の高等小学校の一つで、中学校進学を目指す生徒が集まった。啄木が学んだ洋風の木造2階建て校舎は翌年完成した。

——校史館整備

啄木は親元を離れ、盛岡市仙北組町（現・同市仙北2丁目）にある母カツの兄工藤常象《つねかた》方に世話になった。北上川にかかる木造の明治橋を渡って学校に通った。

生涯の友人となる言語学者金田一京助との出会いもこのころ。新入生として通学してきた啄木と校門前で出くわした。金田一は4年生。友人と幼さの残る啄木をからかい、怒った啄木に追い回された。真剣で負けず嫌いな姿を「君の生涯を象徴しているように思えてならない」（「新編石川啄木」『生い立ちの記』）と回想している。

入学翌年の早春、啄木は母方のいとこ海沼ツエ方に移った。海沼家は盛岡駅に近い開運橋の東側で、金田一の家の隣。啄木はそのころ、中学生になった金田一よりも弟とよく遊んだ。二人が親しくなるのは、啄木が中学に進んでからになる。

下橋中（熊谷雅英校長、生徒281人）は2012年に創立125周年を迎えた。歴史を感じさせる石造りの校門を入り、左側の庭園に啄木の歌碑がある。

その昔
小学校の柾屋根に我が投げし鞠
いかにかなりけむ

7行に書き分けた碑の文字は、金田一京助の筆による。学校創立70周年に贈られた書をもとに、90周年に旧職員有志が建てた。

同校は啄木、金田一をはじめ米内光政（首相）、田子《たこ》一民《いちみん》（衆院議長）ら多くの先人が学んだ。創立100年を記念して校舎内に整備した校史館に草創期の日誌や写真をはじめ、教科書や卒業生の著作などゆかりの品を展示。校内の階段踊り場などにパネルが並び、偉大な先輩の足跡を伝えている。

——古里を思う

「先人に誇りを持つこと。誇りを持つことは街に誇りを持つこと。誇りを持って中学生活を送ってほしい」と校長の熊谷さん。米内、金田一、啄木の3人について式典のあいさつなどで繰り返し生徒に話している。中でも啄木は、全国規模の会合に行くと、県外の人がよく知っていることに驚くという。「ふるさとへの思いや両親への思いは、啄木でなければ作れない歌がある」と感じている。

校門の外の小緑地には、晩年に親しかった歌人若山牧水と啄木の歌を刻んだ「友情の歌碑」がある。1997年に市民有志が建てた。啄木は「教室の窓より遁《に》げて／た

開校翌年に完成した２階建ての洋風校舎。初めは白いペンキが塗られていた（下橋中提供）

下橋中正門前にある「啄木牧水友情の歌碑」

盛岡高等小学校時代の啄木（前列中央）といとこたち =1896（明治29）年撮影、石川啄木記念館提供

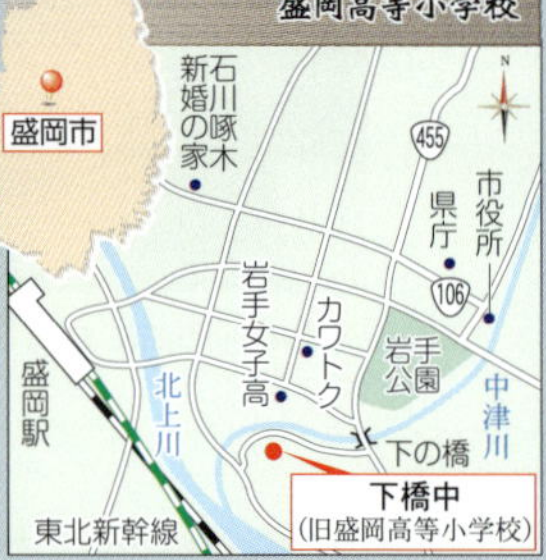

【アクセス】

下橋中学校は盛岡駅から徒歩で約20分。盛岡都心循環バス「でんでんむし」で盛岡城跡公園停留所から徒歩約5分。盛岡市馬場町1の1。電話019･623･4337。学校敷地内にある碑や校史館の見学は事前連絡が必要。

だ一人／かの城址《しろあと》に寝に行きしかな」、牧水が「城あとの古石垣にゐもたれて／聞くとしもなき／瀬の遠音かな」。碑の向かいにある城跡を詠んだ歌が並んでいる。

高等小学校時代の啄木の成績は学業、行状、認定の3項目とも5段階評価で最高の「善」と優秀だった。勉学に励んだことが伝わってくる。伊東の著書によると、飛び抜けた秀才というわけではなかった。だが「作文はずばぬけて上手だった」と文才には一目置いていた。いつも担任に「学校に残しておきたい」と取り上げられたほどだったという。

当時の高等小学校は2年を修了すると、中学を受験できた。啄木は3年修了後に盛岡尋常中学（現・盛岡一高）を受験。128人中10番の好成績で合格した。1898（明治31）年4月25日、中学に入学。多くの友に囲まれて文学の才能を開花させていく。

【余話】

1年後輩には妻節子

盛岡高等小学校には啄木入学の翌年、のちに結婚する堀合節子が入学。啄木の盛岡中学進学までの2年間、同じ学びやで過ごした。

「人間啄木」の著者伊東圭一郎（1885~1957年）は啄木が盛岡中の同級生5人で作った自主学習グループ「ユニオン会」の一人。「東京朝日新聞」で通信部長、記事審査部長などを務め、県公安委員などを歴任した。

歌人若山牧水（1885~1928年）は主宰する雑誌「創作」に啄木が作品を寄せた。家族とともに啄木の最期に立ち会い「初夏の曇りの底に桜咲き居りおとろへはてて君死ににけり」などの歌を詠んだ。

啄木の「教室の窓より遁げて…」は歌集「一握の砂」収録。1909（明治42）年に岩手日報に連載した随筆「百回通信」には「時に十四歳。（中略）時に教室の窓より、又は其背後の扉より脱れ出でて、独り古城趾の草に眠る。欠席の多き事と師の下口を取る事級中随一たり」と盛岡中学時代を回想している。

啄木が好んだ盛岡城の二の丸跡に建つ歌碑。碑が建立された 1955 年はこの場所から岩手山が見えた＝岩手県盛岡市内丸

第一部　青春の輝き④

中学時代の思い刻む

岩手公園（岩手県盛岡市）

不来方のお城の草に寝ころびて
空に吸はれし
十五の心

城下町盛岡の中心に位置する盛岡城跡。北上川と中津川の合流点にある丘に築かれた石垣に新緑がまぶしい。盛岡藩主南部氏の往時をしのぶ城跡は、四季折々の樹木が彩る岩手公園として整備され、市民の憩いの場となっている。

1898（明治31）年春。12歳の啄木は盛岡尋常中学校（現・盛岡一高）に入学する。当時の学校は現在の中央通1丁目、岩手銀行本店が建つ一角にあった。洋風の木造2階建て校舎は「白亜城」と呼ばれた。啄木は時折、授業を抜け出し、歩いてすぐの距離にある城跡に出掛けていた。

――多彩な人材

啄木入学の翌年「盛岡中学校」と名前を変えた同校は、1880（明治13）年に岩手師範学校の一部を仮校舎として創立。5年後に新築した校舎に啄木は通った。

そのころの盛岡中学は、自分自身の力で世に出ようとする「立志」の気風にあふれ、軍人や財界人など各界で活躍する人物を輩出。「盛岡中学の黄金時代」と呼ばれた。首相、海軍大臣を務めた米内光政をはじめ、啄木の2学年上には生涯の友となる金田一京助（言語学者）や、田子《たこ》一民《いちみん》（衆院議長）、郷古《ごうこ》潔《きよし》（実業家）、細越夏村《かそん》（詩人）ら。1学年上は後に小説「銭形平次捕物控」を書く野村胡堂（作家・音楽評論家、本名・長一）がいた。

運動や文芸など生徒による任意

団体の活動が活発になり、仲間が集まっては文芸雑誌や新聞を作った。啄木は、学年を超えた交友の中で文学の素地を作っていく。

当初、軍人にあこがれていた啄木は、2学年上で海軍大臣となる及川古志郎と知り合う。文学少年だった及川は「一年下だが、何か書いているそうだ。見てやってくれないか」と啄木を野村胡堂に紹介。胡堂は中学時代から俳句結社「杜陵吟社」で活動し、小説も書くほどだった。

胡堂は、体の小さい啄木の第一印象を「骨組みや腕ッ節になる養分が、ことごとく知恵の方へ回ったという顔をしていた」(「胡堂百話」)と記す。「直してやった新体詩は、字句は忘れたが、正直なところ、おそろしく下手《へた》くそだな、と思った。後年、あんなに有名になろうとは、もちろん、夢にも考えなかった」と回想している。

金田一と親しくなるのもこのころ。歌人与謝野鉄幹(本名・寛)が主宰する東京新詩社の機関誌「明星」が3年の時に創刊。啄木は金田一に借りて読んだ。金田一は新詩社の社友となり「花明《かめい》」の筆名で投稿していた。中学時代の啄木は鉄幹の妻、与謝野晶子のロマンにあふれた叙情的な歌に強い影響を受け、晶子をまねたような歌を多く作っていた。

――筆名「翠江」

4年生になると、啄木は作品をとじて回し読みする回覧雑誌の「三日月」「爾伎多麻《にぎたま》」を友人たちと作る。短歌会「白羊会」を立ち上げ、1901(明治34)年12月から翌年1月に「白羊会詠草」が岩手日報に連載された。筆名「翠江《すいこう》」の25首。啄木の短歌が初めて活字になった。

その後も文芸時評を岩手日報にたびたび掲載。中央文壇の知識とともに中学生とは思えない文学の素養を見せている。

啄木は、盛岡中学時代の輝かしい思い出を多くの歌に詠んでいる。歌集「一握の砂」は、第2章に「煙

美しい石垣が城跡の面影を伝える岩手公園

岩手銀行本店横にある歌碑。盛岡中学時代を追慕する歌を刻んだ＝盛岡市中央通１丁目

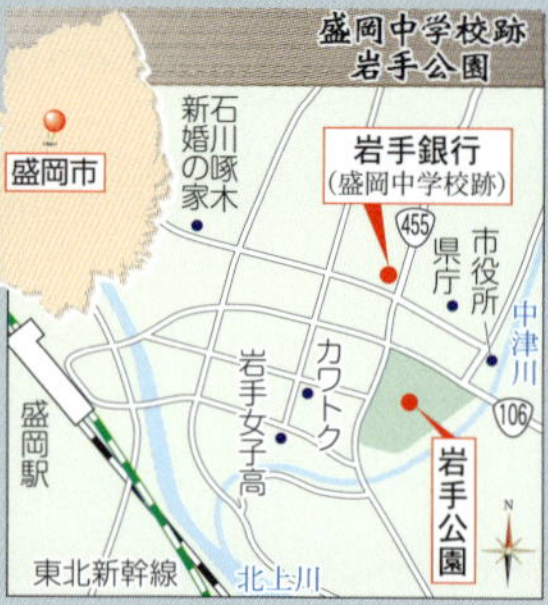

【アクセス】

岩手公園は、盛岡駅から徒歩で約 15 分。盛岡駅などを経由する盛岡都心循環バス「でんでんむし」で、盛岡城跡公園停留所下車。

二」の題名で中学時代を回想する47首を収録。故郷・渋民の回想歌をまとめた「煙二」に続く構成となっている。

不来方のお城の草に寝ころびて
空に吸はれし
十五の心

城跡に寝そべり、大空に夢を描いた少年の日々。遠く離れてしまった「いまはない」過去を懐かしく思い出す。岩手公園の歌碑は啄木生誕70年を記念し、二の丸跡に建てられた。銅板の文字は金田一京助の筆。1955年10月5日、金田一らが出席し、風雨の中で除幕した。

盛岡中学があった場所は現在、岩手銀行本店と岩手医大創立六十周年記念館（循環器医療センター）が建っている。中学時代の回想歌を刻んだ碑がそれぞれ歩道沿いにあり、明治の記憶を伝えている。

啄木が通った内丸時代の盛岡中学校（盛岡一高提供）

【余話】

南部氏の城跡、国史跡

盛岡城は、盛岡藩初代藩主南部信直が1598（慶長3）年に工事に着手し、36年かけて築城。明治維新後に建物が取り壊され、城内は荒廃した。1906（明治39）年に岩手公園が開園。37（昭和12）年国史跡に指定された。約8.6ヘクタール。公園内には宮沢賢治、新渡戸稲造、原敬らの碑もある。

盛岡中学を5年生の秋に中退した啄木だが、小説「葬列」（「明星」1906年12月号）には「嘗（かつ）て十三歳の春から十八歳の春まで全（まる）五年間の自分の生命といふものは、実に此巨人の永遠なる生命の一小部分であつたのだ」と輝かしい思い出として描写した。学校は1917（大正6）年に現在地（盛岡市上田3丁目）に移転した。

岩手銀行の碑は83年の本店新築を記念。「盛岡の中学校の／露台（バルコン）の／欄干（てすり）に最一度（もいちど）我を倚（よ）らしめ」は金田一京助の書と活字。「岩手県立盛岡中学校濫觴（らんしょう）の地」の文字を添えた。濫觴は起源、始まりの意味。

岩手医大創立六十周年記念館前の歌碑は「学校の図書庫（としょぐら）の裏の秋の草／黄なる花咲きし／今も名知らず」。盛岡中学跡地にあった盛岡赤十字病院が87年に同市三本柳に移転する際に建て、岩手医大が現在地に残した。

14 歳の啄木が級友と遊んだ高田松原は津波により姿を変えた。歌碑のあった方向を見つめる佐々木紀子さん＝岩手県陸前高田市気仙町

第一部　青春の輝き⑤

受難の歴史 波に消え

高田松原（岩手県陸前高田市）

いのちなき砂のかなしさよ
さらさらと
握れば指のあひだより落つ

海からの風が潮の香りとともに髪をかき上げる。石を積み上げた仮設の防潮堤が延び、海への視界を遮る。2011年3月の大津波は、陸前高田市の名勝高田松原の海岸線約2キロにわたる松林を流し去った。防潮堤の向こうで時折、波しぶきが上がる。そこにあった松林の中の啄木歌碑は津波の後、行方が分からなくなっている。

——三陸を満喫

1900（明治33）年の夏。盛岡中学3年の啄木は、担任の富田小一郎の引率で級友5人と三陸海岸を旅した。参加した級友の一人、船越金五郎は日記に旅の様子を記している。

7月18日に盛岡を出発し、水沢までは列車。その後は徒歩の旅だった。一関、千厩、気仙沼に宿泊し、21日に陸前高田に着いた。長部で漁船を借りて広田湾を横切り、高田松原を眺めながら東端に上陸。高田町の旅館に二晩泊まり、氷上山に登ったり、高田松原で海水浴を楽しんだ。少年たちは海辺で貝を拾い、群がるカニを見て面白がった。

一行は、船と徒歩で沿岸を北上し、釜石まで行った。12日間の旅の途中、宿でビールを飲んだことや、釜石入りが遅くなると宿泊予定の親類に迷惑が掛かると、啄木が富田先生を説得し、予定を変更して吉浜の宿に泊まったことなどが詳しく書かれている。

啄木も9年後、岩手日報に掲載

した随筆「百回通信」の「富田先生が事」の中で、旅行の思い出をつづっている。「一の関より気仙《けせん》に出で、初めて海を見て釜石に到る。途上、先生の面前に先生の口吻を倣《ま》ねて恬《てん》として恥ぢざりし者は乃ち小生なりき。先生呆れて物言はず」。富田は啄木の1年から3年までの担任。顎ひげを生やし、風格のある先生だった。歌集「一握の砂」に収録した「よく叱る師ありき／髯《ひげ》の似たるより山羊《やぎ》と名づけて／口真《ま》似《ね》もしき」の歌からは、親しみを感じていた様子が伝わってくる。

――表記で論争

高田松原の碑は「船越日記」が世に出たことを契機にして、船越の文字を刻んで1957年に建てられた。「いのち」を「命」と漢字に変えるなど表記が歌集と違うことから論争を引き起こした。さらに3年後、チリ地震津波で流され、「受難の歌碑」と呼ばれた。碑は津波の11カ月後、砂浜の中から見つかり、同市高田町の氷上神社に移設されている。

いのちなき砂のかなしさよ
さらさらと
握れば指のあひだより落つ

指の間からこぼれ落ちる砂に託したはかない思いは、故郷を遠く離れた啄木の孤独とわびしさを映す。歌集「一握の砂」の題名を暗示させる歌の一つだ。

今回、再び津波に遭ったのは、66年に新しく建てられた歌碑。生涯の友人となった言語学者金田一京助の文字で同じ歌を記してあった。

「碑も、松原もこんなになるなんて」。大船渡市盛町の佐々木紀子さん(70)は、高田松原の歌碑があった場所を眺めながらつぶやいた。古川沼にかかる松原大橋の先は津波被害のため立ち入りが制限され、近づくことができない。碑があったのは仮設防潮堤の先、橋のちょうど延長線上のあたりという。

佐々木さんは陸前高田市小友町の出身。チリ地震津波と今回の二度、津波を体験した。大船渡市立

高田松原にあった啄木の歌碑（佐々木紀子さん提供）

1960年のチリ地震津波によって高田松原から流され、
氷上神社に移設された歌碑＝陸前高田市高田町

【アクセス】

高田松原は、自動車で東北自動車道一関ICから国道342号、284号、45号を経由して約65キロ。盛岡市内からは国道396号、107号、340号を経由して約105キロ。陸前高田市街地の道路は運転に注意。高田松原周辺の国道45号から海側の立ち入りは、特に注意が必要。津波の被害を受けたJR大船渡線は、盛一気仙沼間がバス高速輸送システム（BRT）で仮復旧している。

図書館に勤めていた約40年前に「船越日記」を知り、大船渡古文書の会で会員とともに解読した。「どこで何をしたか、何を食べたかを克明に記している。啄木のような詩人や文化人が気仙に来た例はあまりない」と啄木との縁を大切にする。気仙来遊90周年など節目の年に写真展や講演会を開き、宿での食事を再現して、啄木の足跡を市民に紹介してきた。

２０１０年発足した市民ガイド「椿の里・大船渡ガイドの会」の副会長も務める。震災直前に完成したガイドブックには「石川啄木の気仙周遊マップ」を収録。啄木が旅した場所にある七つの顕彰碑を載せた。高田松原の碑は、津波の前月、２月21日に取材に訪れた。写真に残る歌碑は木々の緑に囲まれている。１世紀余り前に啄木が遊び、今は失われてしまった松原の面影を感じさせた。

旅行中に釜石で撮影した写真。啄木は中列右端で椅子に腰掛けている。中央が富田小一郎 =1900（明治 33）年撮影、石川啄木記念館提供

【余話】

湯川秀樹が最も好む

「いのちなき砂の一」は、日本人初のノーベル賞（物理学賞）受賞者湯川秀樹（1907~81年）が一番好きな啄木の歌だ。「自然法則とか、素粒子とは何であるかというようなことを、探究しておりますと、そういうものはつかもうと思ってもなかなかつかめぬ。（中略）そういういろいろのことが実にみごとに集約されて、一つの歌に表現されている」（「天才の世界」）。天才と呼ばれる人の一人に啄木を挙げて創造性の源を探っている。

啄木の三陸旅行は1896（明治29）年の明治三陸津波から4年後。吉浜で「嗚呼惨哉海嘯」と刻まれた供養碑を見た。碑は今も大船渡市三陸町吉浜の正寿院にある。気仙地方の啄木顕彰碑は7基。今回の津波で陸前高田市気仙町の長部漁港公園の「長部浦　啄木遊泳の浜」の碑は数メートル流され、吉浜の歌碑は周囲に津波の跡が残る。

石川啄木没後百年記念事業実行委員会（会長・嵯峨忠雄石川啄木記念館理事長）は、高田松原の歌碑に代わる碑の建立を計画し、募金活動をした。

「啄木鳥《きつつき》はギリシャでは予言の鳥。天才は神が与えた才能だから、与えられる瞬間を待たなければならない。19 歳の啄木が予言の鳥を聞いたのがその瞬間だった」。ヒバの木の下で語る遊座昭吾さん＝岩手県盛岡市玉山区渋民の宝徳寺

第一部　青春の輝き⑥

古里の美しさ教わる

インタビュー

遊座昭吾さん（国際啄木学会元会長）

少年時代の啄木が詩想をはぐくんだ故郷・渋民。啄木が育った宝徳寺（岩手県盛岡市玉山区渋民）に生まれた啄木研究者の遊座昭吾さん（国際啄木学会元会長）に啄木と渋民について聞いた。

—遊座さんは宝徳寺に生まれ、高校卒業まで過ごした。

「私自身、啄木を意識するまで、寺に生まれたのが本当にいやだった。寺は死者の『処理』を務めにしているので、あまり親しまれない。何かというと『寺の坊主』と呼ばれた。父の職業を聞かれたら坊さんとも和尚とも言わないで、寺に関係する仕事と言った」

「啄木の父一禎は、最初の住職が（盛岡市玉山区）日戸の常光寺。次が宝徳寺。十四世住職の私の祖父が死んだ後の十五世になり、私の家族はすぐ出ていけと言われた。与えられたのはコメとみそと漬物。それでは食べていけないので一家離散した。やがて、啄木の父が（宗費滞納により）寺を出なくてはいけなくなると、今度は石川家が一家離散となった」

—啄木は1歳で宝徳寺に移り、18歳で上京するまで寺で育った。盛岡に進学した時期も、休みに帰るのは宝徳寺だった。

「5歳で渋民尋常小に入ると、同級生に（工藤）千代治というのがいた。啄木の4歳上。あの頃は一斉入学ではなかった。私が千代治に『一（啄木の本名）って何か変わったことあったすか』って聞いたら、雨でも降らない限り毎日家に来て『行くべ』と誘ったという。行くのは啄木の第1号歌碑がある場所。なぜ行ったかは分からないが、今から考えると、やっぱり人とは違っていた」

「一は、寺にある炉の灰にやたらと文字を書いていた。年上の同級生だった奉公人の女の子が理由を尋ねると『俺は文章を書いて飯を食ってみせる』と答えたという。寺に集まった渋民や盛岡の歌人、文化人の言葉を耳にして覚えていた。本当の意味の文学や短歌を意識したわけではないが、言葉は彼の耳から抜けなかった。この二つは私が直接聞いた忘れられない話。小学校までの啄木を語るのには欠かせない」

—堀合節子と結婚後、啄木は代用教員として渋民に戻る。

「啄木は初めから先生でしたね。日記（1906＝明治39＝年3月8日）には『成人するとは、持つて生れた自然の心のまゝで大きい小児に成るといふだけの事だ（中略）大きい小児を作る事！　これが自分の天職だ。イヤ、詩人そのものゝ天職だ。詩人は実に人類の教育者である』と書いている。啄木にとっては詩人イコール教師ですよ」

「啄木の教え子に、どんな先生だったかを聞いた。でたらめだったと言うと思ったら違った。授業中に笑った顔を見たことがない。ものすごい目つきをして、竹の棒で黒板や教壇をバンバンたたいた。高等科で英語を教えたが、代用教員はそんなことをしてはいけないので、ただで夜遅くまで教えた。日ごとに人数が増えたことが学校の日誌に残っている」

—啄木が故郷や寺を詠んだ歌は、緑の風景や鳥の声など自然描写が実に鮮やかだ。

「私はそこに生まれた。最も特徴的なのは、左右両側にヒバの木がパーッと天空に向かってあること。ヒバと四季ごとに変わる鳥の声、季節ごとの山の風景の違い、木枯らしの音…。古里の風景の美しさは、啄木の歌が耳に入り、頭に入って、それが原点となって、自分の思い出になった。彼に教えられた」

—そのヒバの根元に歌碑へふる

さとの寺の畔《ほとり》の／ひばの木の／いただきに来て啼《な》きし閑古鳥！〉がある。

「啄木は相当苦労したよ。結局何を言いたいかというと閑古鳥（カッコウ）の鳴き声でしょ。そういうことが分かりかけてきた時、宝徳寺に生まれて良かったと思った。世界に一つしかない、啄木と同じ」

「歌集『悲しき玩具』の中で、閑古鳥の歌は４首続いている。古里の風景からだんだん寺に近づき、最後が『ふるさとの寺の―』。この歌は最後から２番目に『ふるさと』の入った歌で、最後が〈今日もまた胸に痛みあり。／死ぬならば、／ふるさとに行きて死なむと思ふ。〉という配列。歌人はここまで吟味しないと思うが、啄木は詩人だからやった。評論もエッセーも小説も短歌も書いた。その中に必ずいいものがある。それと日記も。詩人でなければオールジャンルは書けない」

【ゆうざ・しょうご】

1927年盛岡市玉山区渋民生まれ。法政大卒。県立高教諭などを経て盛岡大教授。95~98年度に国際啄木学会会長。「啄木秀歌」で88年、第3回岩手日報文学賞啄木賞受賞。2000年に地域文化功労者（芸術文化）として文部大臣表彰。著書に「啄木と渋民」「林中幻想　啄木の木霊」など。盛岡市在住。

【余話】

工藤千代治詠んだ歌

工藤千代治は啄木より4歳年長だが、渋民尋常小学校では同級生。後に渋民村役場に勤めながら小さな宿屋を経営し、助役を経て村長となった。

歌集「一握の砂」の「煙二」に渋民時代の回想歌を収めている。千代治を詠んだ歌は「小学の首席を我と争ひし／友のいとなむ／木賃宿（きちんやど）かな」「千代治等も長じて恋し／子を挙げぬ／わが旅にしてなせしごとくに」がある。

宝徳寺には歌碑と詩碑が1基ずつある。本堂に向かって右前は「凌霄花（のうぜんかずら）」の詩碑。「（前略）君が墓あるこの寺に、／時告げ、法の声をつげ、／君に胸なる笑みつげて、／わかきいのちに鐘を撞く。一（後略）」。19歳で出版した初の詩集「あこがれ」収録。福島県須賀川市の医師、故石田六郎さんは精神分析によって、啄木の文学の原動力が「大形の被布の模様の赤き花／今も目に見ゆ／六歳（むつ）の日の恋」（「一握の砂」）に詠まれた少女が11歳で死んだことによる精神的外傷と推論。碑は少女の70回忌の1962年10月11日に建てた。

いしぶみ散歩②

■大泉院（岩手県八幡平市平館）

八幡平市平館の大泉院（井上賢三《けんざん》住職）は、啄木の父石川一禎が幼いころ預けられ、僧侶の修業を積んだ寺。生家は近くにあった。

十七世住職の仏禎得籌《ぶっていとくちゅう》は啄木の母カツの兄。後に葛原対月《かつらはらたいげつ》と名乗る。和歌を詠んだ対月に薫陶を受けた一禎は師から「禎」の文字をもらった。対月が盛岡の龍谷寺住職に移ると一禎も後を追い、家事手伝いのカツと結ばれた。

本堂横の歌碑「わが父は六十にして家をいで師僧のもとに聴聞ぞする」は１９０８（明治41）年の歌稿ノート「暇ナ時」６月25日付。一禎が渋民の宝徳寺住職を免職になり、対月が住職を務める青森・野辺地の常光寺に身を寄せたことを詠んだ。

裏庭の碑は「ふるさとの寺の御廊に／踏みにける／

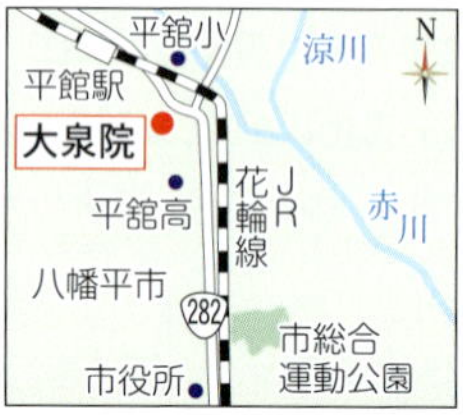

啄木の父一禎と師匠葛原対月が詠まれている大泉院の歌碑

大泉院の裏庭にある歌碑

小櫛《おぐし》の蝶《ちょう》を夢にみしかな」（歌集「一握の砂」）。ともに二十二世井上大瑩《だいけい》住職が65年11月に建てた。

天神山公園（岩手県大船渡市）

啄木は、盛岡中学3年の夏休みに担任富田小一郎の引率で、級友と三陸沿岸を旅した。

大船渡に着いたのは1900（明治33）年7月23日。

中学時代の啄木が訪れた愛宕神社のある天神山公園の歌碑

盛町の今野屋に宿泊し、傾斜の急な階段を登って愛宕神社を訪れている。

神社は大船渡市盛町の天神山公園にある。公園内の碑は歌集「一握の砂」から「愁ひ来て／丘にのぼれば／名も知らぬ鳥啄《ついば》めり赤き茨《ばら》の実」を刻み、66年11月27日に除幕した。文字は金田一京助が書いた。

今野屋があった場所は愛宕神社から歩いてすぐ。来遊100周年を記念する碑が2000年に建てられた。

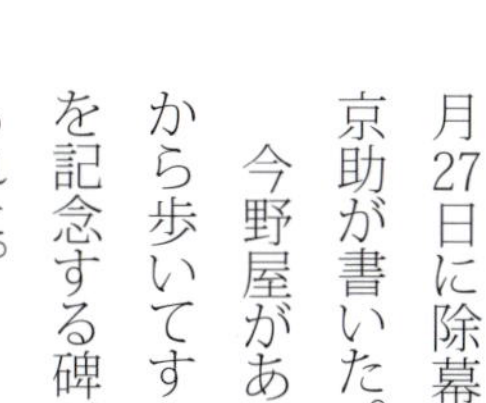

江南義塾盛岡高校（岩手県盛岡市）

盛岡市前九年3丁目の江南義塾盛岡高（三浦五郎校長）は1892（明治25）年、育英学舎として創立。盛岡高等小3年の啄木が進学を目指して通った1897（明治30）年当時は「学術講習会」と校名が変わり、日影門外小路（現・中央通1丁目）にあっ

少年時代を懐かしむ一首を刻んだ江南義塾盛岡高の歌碑

た。啄木は翌年4月、盛岡尋常中学校（現・盛岡一高）に128人中10番の成績で合格した。

歌碑は創立90周年を記念して建立した。「己《おの》が名をほのかに呼びて／涙せし／十四の春にかへる術なし」は歌集「一握の砂」収録。同校は、入塾の日にちなみ、毎年6月30日前後に啄木祭を開いている。

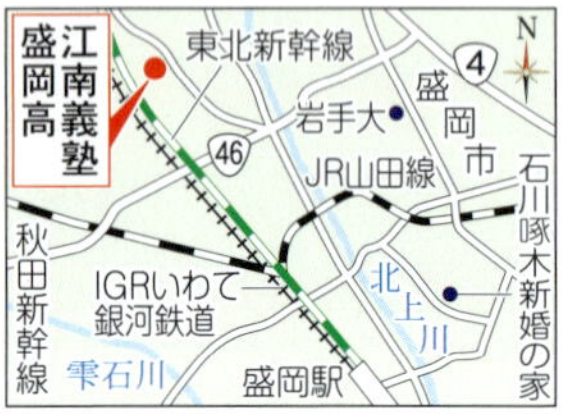

■吉浜（岩手県大船渡市三陸町）

中学3年の啄木は沿岸を旅し、7月24日に吉浜に着いた。級友の船越金五郎は日記に旅の様子を記し、吉浜の供養塔を見て4年前の明治三陸津波のむごたらしさを胸に刻んだ。

津波が周囲まで到達した吉浜の歌碑

「潮かをる北の浜辺の／砂山のかの浜薔薇《はまなす》よ／今年も咲けるや」の碑は啄木80回忌の1991年に地元有志が建立。一行が通った旧街道沿いにあり、案内板には、吉浜での足跡を記した「船越日記」を抜粋している。

歌は歌集「一握の砂」収録。北海道時代を回想する第4章「忘れがたき人人」の冒頭歌。函館の大森海岸の砂山に咲くハマナスに寄せて追慕の情を詠んだ。

■岩手医科大学（岩手県盛岡市）

「学校の図書庫《としょぐら》の裏の秋の草／黄なる花咲きし／今も名知らず」は盛岡中学時代の回想歌。学校跡地にできた盛岡赤十字病院が1987年、盛岡市三本柳に移転する際に歌碑を建てた。盛岡市中央通1丁目の岩手医大創立六十周年記念館前にある。

図書庫は、1892（明治25）年10月に建てられた土蔵造り。1969年に宮古市に移築し、徳富蘆花の小説のモデルとなった同市出身の青年将校の遺品などを展示する「寄生木《やどりぎ》記念館」として使用。老朽化のため解体が決まり「啄木ゆかりの建物」として盛岡市内での活用を検討している。

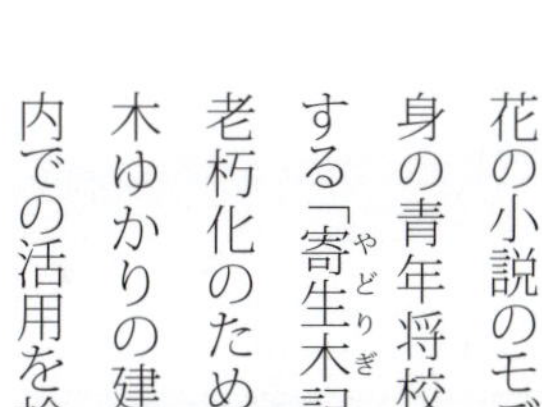

啄木が通った盛岡中学校跡に建つ歌碑

鉱毒被害民の思いを詠んだ啄木の歌の石碑。問題解決に一生をささげた田中正造の墓前で、先代住職の思いを語る旭岡靖人さん＝栃木県佐野市

第一部　青春の輝き⑦

銅山鉱毒の惨状思う

田中正造墓所（栃木県佐野市）

夕川に葦は枯れたり血にまどふ民の叫びのなど悲しきや

　盛岡中学時代の啄木は友人とさまざまな会を作り、文学の素地を養った。4年生で作った短歌会「白羊会」の歌会で詠んだ歌の碑が栃木県佐野市の惣宗《そうしゅう》寺にある。

　佐野市は、明治時代の政治家で足尾銅山鉱毒問題の解決に一生をささげた田中正造（1841〜1913年）の出身地。惣宗寺は「佐野厄よけ大師」の名前で親しまれ、年間約200万人が訪れる。

　風格のある門をくぐると、正面に田中正造の墓がある。遺骨は5カ所に分骨され、その中の一つ惣宗寺は政治活動を始めたころにつくった結社「中節社《ちゅうせつしゃ》」の拠点だった。没後は本葬が営まれ、今も命日に法要が行われている。

　墓碑は高さ5メートルほど。鉱毒水が流れ込んだ渡良瀬川の石を集めた。「嗚呼慈侠　田中翁之墓」と刻まれ、足尾銅山の方に向かって立ちはだかるような姿を見せる。

　歌碑は墓の前にある。啄木の生誕100年に当たる1986年、正造の命日9月4日に先代の旭岡《あさひおか》聖順《せいじゅん》住職が建てた。

　「父は一時期、高校で国語の先生をしていた。啄木の歌を新聞で見つけ、とても感銘を受けたようです」。住職の旭岡靖人《せいじん》さん（48）は碑に込めた思いを代弁する。

夕川に葦は枯れたり血にまどふ民の
叫びのなど悲しきや

銅の採鉱、製錬に伴う鉱毒水は、ヒ素や硫酸銅など有害物質を含み、渡良瀬川の魚を死滅させた。大雨のたびに洪水を起こして田畑の麦やアシを枯らし、流域の農民を苦しめた。

――義援金集め

鉱毒問題が顕在化して10年余り。1901（明治34）年12月、正造が天皇に直訴を試みたことが問題に再び目を向けさせた。国会で解決に取り組んだ正造が衆院議員を辞職。死を覚悟した直訴だった。新聞が大きく報じたことで被害の惨状に注目が集まった。

啄木の歌は白羊会歌会での「鉱毒」の題詠。直訴翌年の作とされる。十五、六歳にしては整った歌に当時の力量を感じさせる。

直訴の翌月、啄木は英語の自習グループ「ユニオン会」の同級生らとともに岩手日報の号外を街頭で売り、鉱毒に苦しむ人々のために義援金を集めた。号外は青森・八甲田で陸軍の歩兵連隊199人が犠牲になった雪中行軍事件を伝えている。「中学生の号外売りということが知れると、一銭の号外に五銭玉をはずんでくれた人もあった」。ユニオン会の一人、伊東圭一郎は著書「人間啄木」に記した。伊東の記憶では約20円を盛岡の教会に寄託したという。

ユニオン会は3年の級長阿部修一郎、副級長の小野弘吉《こうきち》、伊東、啄木、文学好きだった小沢恒一《こういち》の同級生5人の会。4月の級長選挙後に親睦の会を作り、自習に使った英語の教科書「ユニオンリーダー」から「ユニオン会」と名付けた。

毎週土曜の夜にそれぞれの家に順番に集まり、当番が訳読して質疑応答した。その後、最近読んだ新聞や雑誌、本の感想や文学、哲学、政治などを夜中まで語り合った。5年になると、それぞれ受験勉強などで忙しくなり、集まる機会は減ったが、交友は盛岡中学を離れてからも続いた。

足尾銅山の煙害によって荒廃し、森林の再生を続けている足尾銅山周辺。奥に見える煙突は製錬所跡＝栃木県日光市

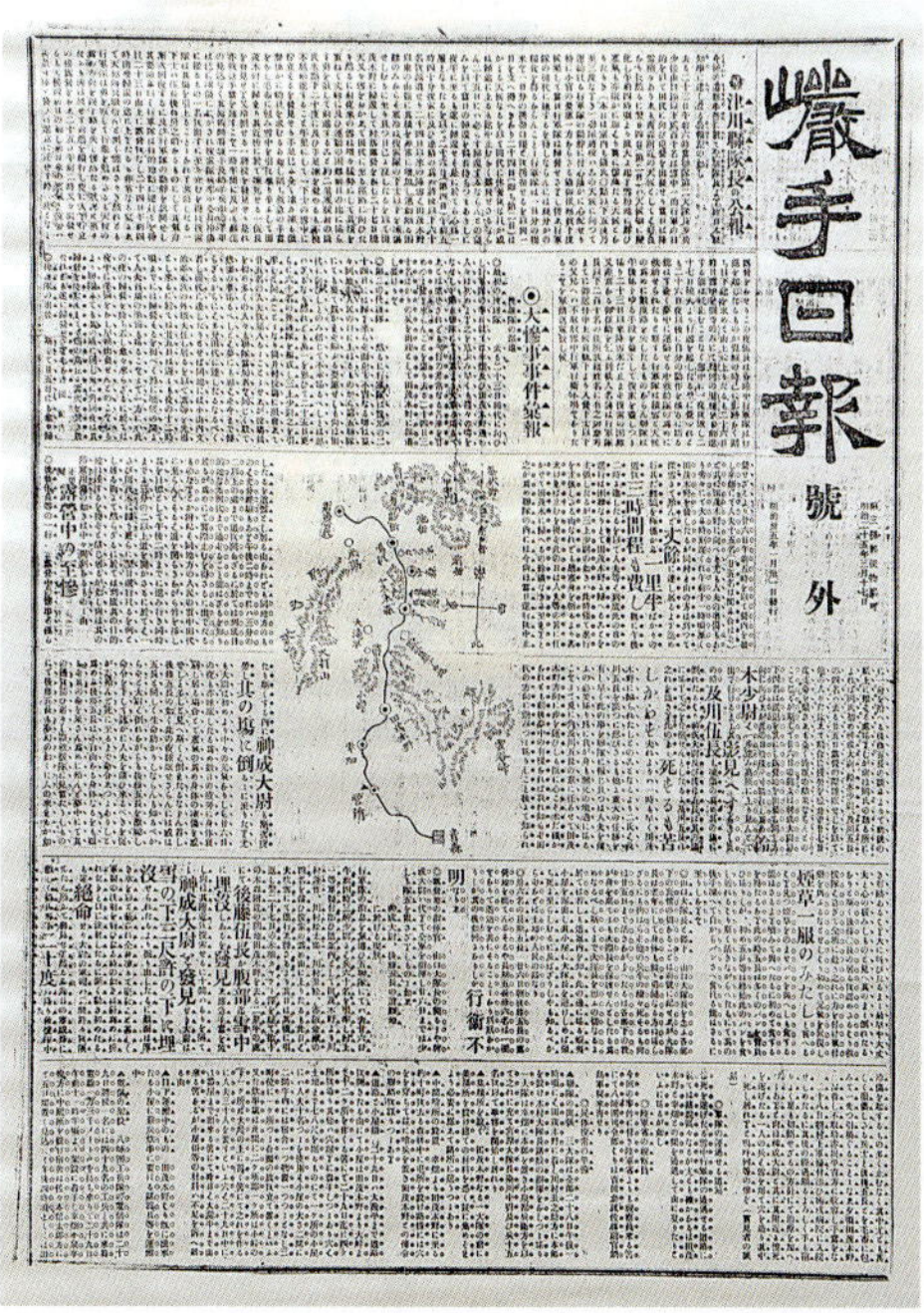

巖手日報

號外

八甲田雪中行軍事件を伝える「岩手日報」の1902（明治35）年1月31日付号外。裏面には県人犠牲者として144人の名前が載っている

田中正造らが遊水池整備に抵抗する拠点にした神社近くにある旧谷中村の共同墓地。約 33 平方キロに及ぶ渡良瀬遊水地の中に遺跡ゾーンとして保存され、被害民の苦悩を伝えている＝栃木県栃木市

【アクセス】

惣宗寺は、東北自動車道佐野藤岡 IC から自動車で約 10 分。JR 両毛線佐野駅から徒歩で約 8 分。東武佐野線佐野市駅から徒歩で約 6 分。佐野市金井上町 2233。電話 0283・22・5229。市郷土博物館は佐野市大橋町 2047。電話 0283・22・5111。

――ストライキ

啄木在学中の盛岡中学で起きた大きな出来事にストライキ事件がある。地元の年配教師が若い優秀な先生を追い出したことに対し、「教員がすぐに替わる」と生徒が不満を持ち、校風刷新を求めた。4年の野村長一(胡堂)らが中心となって校長に直訴したが、事態が動かないので授業拒否に至った。

啄木ら3年生は、生徒に信頼のある英語教師が辞めることに抗議した。啄木は学級内のリーダーの一人。首謀者というほどではなかったが、校長への具申書を書き、他級との連絡に活発に動いた。ストライキは県知事が仲裁に乗り出すほどの事態に発展。新年度に転任や休職、退職などで教員23人のうち19人が交代した。啄木の担任だった名物教師の富田小一郎も八戸に転任した。

その後の盛岡中学は規律が厳しくなり、多くの人材を輩出し「黄金時代」と呼ばれた時期に幕を閉じた。胡堂は著書で「私が生涯にやったことで、盛岡中学のストライキだけは、唯一つの失敗だった」と回想。啄木も「ストライキ思ひ出でても/今は早や我が血躍らず/ひそかに淋し」と苦い記憶を歌に残した。

【余話】

幸徳秋水とつながり

足尾銅山の鉱毒問題は日本で最初の公害問題として知られる。

田中正造は1870(明治3)年、現在の岩手、秋田県の一部を占める江刺県の役人となり、現在の鹿角市にあった花輪分局に勤務。上司を殺害した疑いをかけられ逮捕された。拷問の後、県庁のあった遠野の監獄に移送。罪が晴れるまでの2年9カ月に「西国立志編」「英国議事院談」などを獄中で読んだ。自由民権思想の刺激を受け、政治を志す基礎を作った。

天皇への直訴状は、後に啄木の思想に大きな影響を与える思想家、幸徳秋水(1871~1911年)が起草し、正造が手直しした。遺品などの資料は佐野市郷土博物館に展示されている。

足尾銅山には、盛岡市出身の俳人山口青邨(せいそん)(1892~1988年)が大学卒業後に鉱山技師として一時勤務。鉱山を詠んだ句も多い。経営母体の古河鉱業は、平民宰相として知られる盛岡市出身の政治家原敬(1856~1921年)が内務大臣になる直前に8カ月余り副社長を務めていた。

わが恋を
はじめて友にうち明けし夜《よる》のことなど
思《おも》ひ出づる日
石川啄木

節子との恋と友情を詠んだ歌を刻んだ碑。友人の小沢恒一と啄木の縁を語る千田善八さん＝岩手県北上市幸町

第一部　青春の輝き⑧

初恋と友を懐かしむ

帰帆場公園（岩手県北上市）

わが恋を
はじめて友にうち明けし夜のことなど
思ひ出づる日

啄木が後に結婚することになる堀合節子に出会うのは盛岡中学時代。自身の手紙や友人の回想などによると、数え年で14歳、中学1年か2年の頃のようだ。節子はこの年、盛岡女学校（現・盛岡白百合学園）に入学している。

JR北上駅西口から北へ歩いて10分ほどにある北上市幸町の帰帆場《きはんじょう》公園。中学時代の節子との恋を回想する歌の碑が建っている。甘美な恋に陶酔した青春時代を懐かしむ心情が分かりやすい言葉で詠まれている。

わが恋を
はじめて友にうち明けし夜のことなど
思ひ出づる日

啄木は、何人かの友に節子との恋を語っている。その中に黒沢尻町（現・北上市）出身の小沢恒一《こういち》がいる。中学3年の級友5人の英語自習グループ「ユニオン会」の一人。生家は碑のある公園から徒歩で5分ほどの場所にある。歌碑は、２００２年に北上市が建て、小沢と啄木の友情にちなんだ歌を刻んだ。

――約束を守る

小沢は中学3年の4月ごろ、啄木の寄宿先の家を訪ねた。「新学年の抱負など愉快に語り合った時に、絶対秘密で誰にも決して口外してくれるなという条件のもとに打ち明けられたのが、この初恋の問題であった」と著書「石川啄木　その秘められた愛と詩情」に回想している。

「文学の趣味がゆたかなところから共鳴するところが多く、将来は是非とも結婚したいということであった」。節子への思いを受け止めた小沢は約束を守り、ユニオン会の友人にも話さなかった。啄木はその後、黒沢尻町の小沢家を訪問。月夜に和賀川にかかる九年橋周辺を二人で散歩し、悩みを打ち明けて慰められたことなど、小沢との交友を日記に残している。

小沢の生家に近い北上市諏訪町2丁目の千田善八さん（81）は碑の建立当時、地元町内会の代表として関わった。「二人が歩いた和賀川や生家近くにとの話もあったが、適当な土地がなかった。啄木を慕い、わざわざ訪ねてくれる方もいるので、ここに建ててよかった」と語る。啄木に対し、病苦や借金など良くない印象を持っていたが、地元との関わりを調べるうちに親しみを感じるようになった。

節子は1886（明治19）年10月14日、旧盛岡藩士の屋敷町だった上田村新小路に生まれた。今は岩手大学構内となり、生家の井戸が復元されている。節子は、旧家特有の折り目正しい家風の中で成長し、仁王尋常小学校（現・仁王小）、盛岡高等小学校（現・下橋中）に学んだ。

啄木と知り合った頃、堀合家は新山小路、現在の盛岡市中央通3丁目にあった。啄木の寄宿先はすぐ近くの帷子小路。二人のなれそめは、節子の15歳年下の弟堀合了輔の著書「啄木の妻　節子」に紹介されている。

堀合家に同居していた親類が盛岡高等小、盛岡中で啄木の先輩となり、一緒に学校に通っていた。啄木が堀合家を訪ねるようになり、節子と知り合ったという。また、啄木が渋民時代から知り合いだった金矢家に出入りし、節子も盛岡高等小の同級生を金矢家に訪ねているうちに親しくなったという説もあるという。二人は、友人たちと、かるた会をしたり、啄木の古里渋民を訪ねたりしながら親密さを増

盛岡中学を退学、上京の日にユニオン会の４人と記念写真を撮った啄木（前列左）。前列右から小沢恒一、小野弘吉。後列右から伊東圭一郎、阿部修一郎＝1902（明治35）年10月31日（石川啄木記念館提供）

月夜に友人の小沢恒一と歩いた九年橋周辺。
啄木は上京後の日記に友情への感謝を記している＝北上市九年橋１丁目

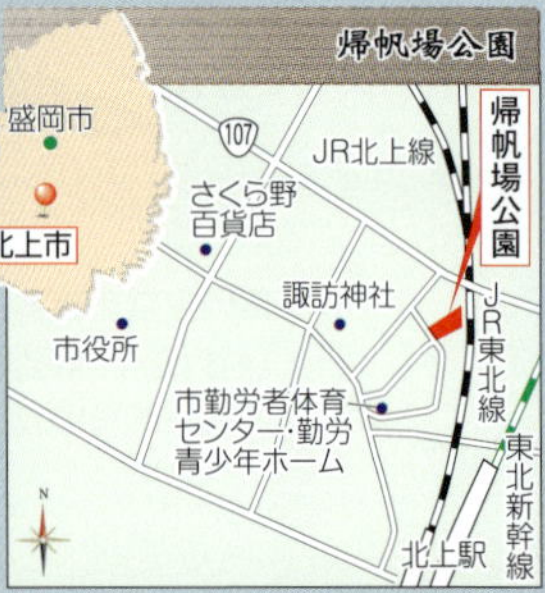

【アクセス】

帰帆場公園は JR 東北新幹線・東北線の北上駅を下車し、徒歩で約 10 分。

していった。

退学し上京

啄木は、中学4年の冬から5年の春にかけて、文芸時評を「岩手日報」に発表するなど文学に一段と熱を入れた。節子との恋も進展する一方で、学業からは次第に遠ざかる。学校の成績は4年終了時に119人中82番に降下。学年末試験でのカンニングも見つかった。

5年に進級しても学業に身が入らず、1学期の出席時数は欠席の半分ほど。学期末試験のカンニングで再度けん責処分を受ける。夏休みに渋民に帰省した啄木は盛岡に戻らず、文学で身を立てることを決意する。

10月に「家事上の都合」を理由に退学願を提出して上京。雑誌「明星」を発行する東京新詩社の会合に参加し、与謝野鉄幹、晶子夫妻に初めて会った。

中学編入や翻訳書の出版、雑誌編集員の就職などを試みるが失敗。生活に困窮し、知人宅などを転々とする。1903（明治36）年2月、父一禎に連れられ、わずか4カ月で渋民に帰郷。大きな挫折を味わうことになった。

【余話】

市内に48基の文学碑

与謝野鉄幹（1873~1935年）が主宰する東京新詩社の機関誌「明星」に啄木の短歌が初めて載ったのは1902（明治35）年10月。盛岡中学を退学し、上京する直前だった。筆名は石川白蘋（はくひん）。「血に染めし歌をわが世のなごりにてさすらひここに野にさけぶ秋」の歌は、その後の啄木の人生を象徴するようでもある。

翌年、渋民に戻った啄木は11月に新詩社同人となり、12月号の「愁調」と題する5編の長詩から「啄木」の筆名を使った。キツツキを意味する筆名は鉄幹自身が名付けたと記しているが、啄木は岩手日報に掲載した随筆「無題録」に筆名を改めた経緯を書いており、啄木自身が考えたという説が有力だ。

北上市は、ふるさと創生事業などを活用し「文学碑のあるまちづくり」を進め、文学碑が市内に48基ある。盛岡中学で啄木の1学年下だった瀬川深（ふかし）（1885~1948年）の歌碑も出身地の同市上江釣子にある。瀬川は盛岡中学時代に短歌会「白羊会」に参加し、卒業後も交友を続けた。

啄木が発行した文芸雑誌「小天地」の表紙デザインと思郷の歌をあしらった富士見橋。発行の地となった当時の家は、橋に近い現在の岩手県盛岡市加賀野１丁目にあった

第一部　青春の輝き⑨

一家背負う新婚生活

富士見橋（岩手県盛岡市）

岩手山
秋はふもとの三方の
野に満つる虫を何と聴くらむ

啄木は盛岡中学を退学し、東京で文学の道を目指すが、生活に行き詰まり、4カ月で故郷・渋民の宝徳寺に帰る。東京で会った与謝野鉄幹の助言を受けて詩作に力を入れ、鉄幹が主宰する東京新詩社の機関誌「明星」に作品を次々と発表する。

帰郷から1年半後の1904（明治37）年10月、啄木は再び上京。翌年には友人らの厚意を受けて、77編を収めた詩集「あこがれ」を刊行した。時代の先端を行く象徴詩の権威上田敏が序詩「啄木」、鉄幹が跋文《ばつぶん》を寄せ、啄木は若き天才詩人として注目される。

恋人堀合節子と婚約し、初の詩集刊行―。好転し始めた人生を大きく変える出来事がそのころ、故郷で起きていた。啄木の上京中、父一禎が宗費納入を怠り、住職を免職されたのだ。一家は仕事と住まいを一度に失う。寺の長男として経済的な苦労を知らずに育った啄木に突然、一家の生活が重くのしかかった。

盛岡市中央通3丁目。表通りから少し入った場所に、東京から戻った19歳の啄木が節子と新婚生活を送った家が残っている。江戸末期の武家屋敷の3部屋を間借り。宝徳寺を追われた両親、妹光子と5人で暮らした。当時は帷子《かたびら》小路と呼ばれ、節子の実家に近かった。

――不在の花婿

一つの屋敷に3世帯が暮らし、石

川家は裏の玄関から出入りした。啄木夫婦の部屋は玄関の二畳間の右にある四畳半。啄木は当時、岩手日報に随筆「閑天地」を連載し「我が四畳半」と題してガラスをはめ込んだ障子、いろりなど部屋の様子を描いている。

「一家を背負った啄木の生活が始まったのはここからです」。近くに住む管理人の大野道夫さん（79）が紹介してくれた。「屋根や壁は直したが、柱や天井はそのまま。啄木と節子の四畳半は障子やいろりがあって、当時の雰囲気が残っています」。前任者を引き継いで10年目。盛岡の市街地にただ一つ残る啄木が暮らした建物を守っている。

啄木と節子の結婚式は1905（明治38）年5月30日、この家で行われた。しかし、啄木は自分の結婚式に姿を見せず、花婿不在の式となった。

啄木は10日前に東京を出発。一家を背負う重圧のためか、金策のためか、盛岡に直接帰らなかった。途中で仙台に滞在し、結婚式当日は盛岡を通過して渋民へ。挙式の5日後、ようやく新居に顔を出した。旅費を工面して汽車に乗せ、仲人役を務めた友人たちは、この振る舞いに激怒。啄木の前から去っていった。

友人たちは、節子にも結婚を思いとどまるよう忠告。節子は手紙で返答する。「願はくば此《こ》の書に於て過去二三年の愛を御認め下され度《たく》候。吾れはあく迄《まで》愛の永遠性なると言ふ事を信じ度候」。啄木への揺るぎない思いが伝わってくる。

――小天地創刊

啄木が家に着いて3週間後、一家は盛岡市加賀野磧町《かわらちょう》（現・加賀野1丁目）に転居する。かやぶきの家の裏は中津川が流れ、部屋数は五つ。川音が一日中聞こえることを「閑天地」に記している。

ここでは盛岡中学の後輩ら若い文学愛好者が集まり、歌会がたびたび開かれた。啄木と節子は若者たちを迎え、充実した時を過ごした。友人大信田落花《らっか》の援助を受けて文芸雑誌「小天地」を創刊。啄木、

年間約３万人が訪れる「啄木新婚の家」。啄木が使った裏側の玄関を紹介する大野道夫さん＝盛岡市中央通３丁目

啄木と節子が暮らした四畳半。いろりや障子に明治の雰囲気を感じさせる

文芸雑誌「小天地　第壹巻　第壹號」の初版（岩手県立図書館蔵）

【アクセス】

富士見橋は、盛岡都心循環バスなどで「上の橋」下車、徒歩で約3分。「小天地」を発行した家があった場所は加賀野1丁目。富士見橋東側から歩いてすぐ。啄木新婚の家は、盛岡駅から徒歩約12分。盛岡都心循環バスなどで「啄木新婚の家口」下車徒歩で約1分。公開は4~11月が午前8時半から午後6時、無休。12~3月は午前9時から午後4時、火曜休み。年末年始（12月28日～1月4日）休み。見学は無料。電話019・624・2193。

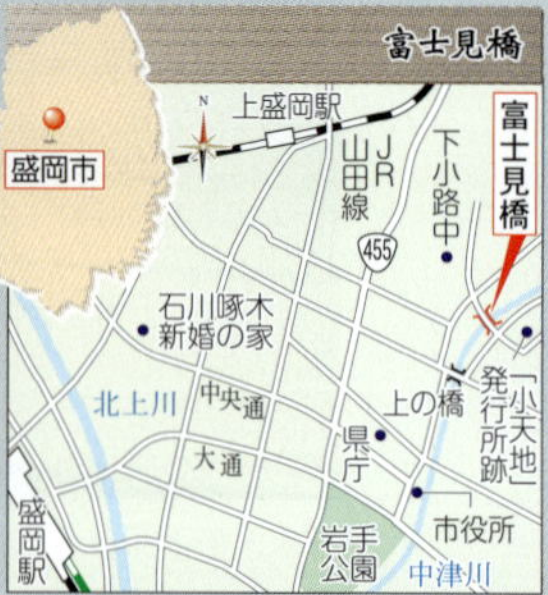

節子の短歌や詩をはじめ、与謝野鉄幹ら中央文壇の文学者と中学時代の友人らが作品を寄せた。

家の跡は現在、集合住宅となり、啄木とのゆかりを紹介する案内板が建っている。

岩手山
秋はふもとの三方の
野に満つる虫を何と聴くらむ

この家の近く、中津川にかかる富士見橋の親柱に啄木の歌が刻まれている。欄干には啄木自ら「小天地」の表紙に描いたケシのつぼみの模様が施されている。

「小天地」は、地方の文壇を充実させようという啄木の意気込みに満ちた雑誌となり、評価も高かった。だが、啄木の生活同様に資金面などで行き詰まり、第1号で終わる。家族がひとつ屋根の下に集い、充実した文学活動という暮らしは、長くは続かなかった。

【余話】

1カ月足らずで発行

詩集「あこがれ」は1905（明治38）年5月に発行した。盛岡高等小（現・下橋中）の級友小田島真平の紹介で兄の嘉兵衛、尚三が小田島書房（東京）名義で、初版と再版合わせて千部印刷。妻となる堀合節子との恋愛や当時の流行を反映して、甘美なロマン主義に彩られている。

同年9月5日創刊の文芸雑誌「小天地」は、発行の経緯を巻末の社告に記している。経済的に援助する大信田落花が8月11日に啄木を訪れ、3時間話し合って決めた。休暇中だった盛岡中学時代の後輩らが編集を手伝い、1カ月足らずの短期間で発行にこぎ着けた。

啄木による表紙デザインは「明星」に掲載した「あこがれ」の広告画から転写して一部を改変。広告画は啄木と親交のあった白馬会系の画家岩田郷一郎のデザイン。フクロウ、ヘビ、たて琴などの図柄にギリシャ神話や装飾的なアール・ヌーボー様式の影響が見られる。右上にある「主幹石川啄木」の文字が強い自負を感じさせる。

啄木が青春時代を過ごした盛岡で最初に建てられた天満宮の歌碑。2010 年に修復され啄木の自筆文字を集めた碑文が見やすくなった＝岩手県盛岡市新庄町

第一部　青春の輝き⑩

美しい故郷恋い慕う

天満宮（岩手県盛岡市）

病のごと
思郷のこころ湧く日なり
目にあをぞらの煙かなしも

「美しい追憶の都」—。啄木は、盛岡中学や新婚時代など計8年余り暮らした盛岡を小説「葬列」で後にこう表現した。学友たちとの文学生活や、節子との恋に彩られた盛岡時代に寄せる啄木の心情をうかがわせる。

盛岡市中心部を流れる中津川にかかる上の橋から東へ約1キロ。天神山と呼ばれる小高い丘に天満宮がある。木々に囲まれた境内の西側、一段低い広場に啄木の歌碑が建っている。

街並みを見渡す広場に碑ができたのは1933（昭和8）年7月23日。盛岡で最初となる啄木歌碑は故郷渋民の歌碑、函館の墓碑に続いて3番目に作られた。

——50周年機に

歌碑建立の動きは、3年前の盛岡中学創立50周年がきっかけ。母校に啄木の碑を—という生徒の思いが同窓生や啄木と親交のあった人々を動かし、建碑会ができた。

当初は、啄木の胸像と「盛岡中学校の／露台《バルコン》の—」の歌を刻む計画で、資金集めに演奏会や講演会を開催した。銀行に預けた資金が31（昭和6）年の金融恐慌で支払い制限を受けるなど、さまざまな事情から進まなかった。

碑の場所にも苦労した。現在地に移った盛岡中学や跡地の病院、「小天地」発行の家など候補地は転々。中学時代に啄木が授業を抜け出して遊んだ盛岡城跡の岩手公園も県に要望したが、当時の知事に「軍人や巡査、消防の殉難碑、忠魂碑を建てる岩手県の聖地。働けど働けどなどと、ふがいない歌を詠む人の碑はもってのほか」と断られたという。

最後に決まったのは天満宮。盛岡時代に啄木がしばしば訪れ、小説「葬列」には「しん〱と生ひ茂つた杉木立に囲まれて、苔蒸せる石甃《いしだたみ》の両側秋草の生ひ乱れた社前数十歩の庭には、ホカ〱と心地よい秋の日影が落ちて居た」と描かれている。

病のごと
思郷のこころ湧く日なり
目にあをぞらの煙かなしも

歌集「一握の砂」の第2章「煙」は前半に盛岡時代、後半は渋民時代の回想歌を収めた。「煙」冒頭にあるこの歌は、病気のように故郷を恋い慕う東京時代の啄木の心情が投影されている。啄木の自筆文字を集めて刻んだ。

――お気に入り

拝殿に向かう参道のこま犬は、啄木のお気に入りだった。「無造作に凸凹を造《こしら》へた丈けで醜くもあり、馬鹿気ても居るが、克《よ》く見ると実に親しむべき愛嬌のある顔」（「葬列」）と表現。こま犬は1903（明治36）年6月、病気平癒祈願がかなったお礼に市内の男性が作って奉納した。その頃は地面にじかに置かれていた。「夏木立中の社の石馬も汗する日なり君をゆめみむ」「松の風夜昼ひびきぬ／人訪はぬ山の祠の／石馬の耳に」。歌碑建立に合わせて台座を作り、こま犬を詠んだ啄木の歌を刻んだ。

建碑に集まった一人に盛岡中学の1年後輩の小林茂雄がいた。孫の医師小林高さん（68）＝同市中央通2丁目＝は2010年、私財を投じて碑を補修した。建立から80年近い碑は文字が見えにくく、ひびが目立っていた。「小学2年の時に祖父は他界し、啄木の話を聞いたことはないが、父に教わって中学生の頃に自転車で天満宮や渋民を訪れた」と啄木体験を振り返る。

啄木が歌や小説に登場させたこま犬のある天満宮。愛らしい姿を啄木は「石馬」と表現した

啄木が親しみを込めて歌に詠んだ天満宮のこま犬

【アクセス】

天満宮は、路線バスで天満宮前下車。徒歩で約 3 分。盛岡市新庄町 5 の 43。電話 019・622・4023（午前 10 時～午後 3 時まで）。

家には祖父宛ての啄木のはがき2枚が残っている。「孫としては思い入れが違う。関係のある人間としてできるだけのことをした」と、天満宮の碑に特別な思いを抱く。

一家の暮らしを背負う啄木は経済的に困窮。1906（明治39）年3月に盛岡を離れ、渋民に帰る。4月に渋民尋常高等小の代用教員として働き始めた。教育を「詩人の天職」と考えた啄木だが、農繁休暇に一時上京し、夏目漱石や島崎藤村に刺激を受けて小説に取り組む。

最初の小説「雲は天才である」は代用教員が主人公。盛岡が舞台の「葬列」は小林茂雄ら友人たちがモデルとして登場する。同年12月に文芸雑誌「明星」に掲載され、小説で初めて活字になった。「予は、白状すると胸がドキ〳〵し出したのであつた」。啄木は、その喜びを日記に残している。

天満宮の歌碑建立に集まった人々。前列左から田口忠吉、吉川保正、二宮敬治、高橋康文、松本政治。後列左から平野八兵衛、小林茂雄、三浦正治 =1933年7月（小林高さん提供）

【余話】

洋画家の上野が祝辞

天満宮の歌碑建立は「啄木歌碑建立記念」と題した非売品の冊子に詳しい。経緯をまとめたのは平野八兵衛（旧姓・佐藤善助）。花婿不在の啄木の結婚式を友人の上野広一と取り仕切った。結婚式後に二人は啄木と疎遠になったが、建碑式には、洋画家となった上野も祝辞を寄せ「あの口笛を吹く時のような嬉しい朗らかな顔が目に浮びます」と啄木をしのんだ。

二人が盛岡で啄木を待っていた頃、啄木と仙台で酒を飲んでいたのは、事情を知らなかった小林茂雄。「近眼にて／おどけし歌をよみ出でし／茂雄の恋もかなしかりしか」と名前入りの歌が歌集「一握の砂」に収録され、親しい仲だったことが伝わってくる。

天満宮には1992年、啄木の歌碑がさらに1基作られ、全部で4基となった。本殿に向かって右側の平安稲荷神社の鳥居近くにある「子抱き狐」の台座に「苑古き木の間に立てる石馬の背をわが肩の月の影かな」の歌が刻まれている。

啄木が渋民の代用教員時代に暮らした旧斉藤家。卒業した渋民尋常小の校舎と並んで保存され、当時の雰囲気を伝えている＝岩手県盛岡市玉山区渋民

第一部　青春の輝き⑪

一家伴い渋民に帰郷

斉藤家（岩手県盛岡市玉山区）

かにかくに渋民村は恋しかり
おもひでの山
おもひでの川

1906（明治39）年3月、啄木は9カ月の盛岡生活に終わりを告げ、妻節子と母カツを伴って故郷渋民に帰った。妹光子は通っていた盛岡女学校の先生宅に下宿させ、父一禎は義兄の師僧葛原対月《かつらはらたいげつ》が住職を務める青森・野辺地の常光寺に身を寄せていた。

渋民は、一禎が免職された後の宝徳寺住職をめぐり、檀家《だんか》が対立していた。帰郷に反対する人がいる中、啄木は奥州街道沿いの斉藤佐五郎《さごろう》宅に間借りする。佐五郎は、啄木の5歳下で弟のようにかわいがっていた斉藤佐蔵《さぞう》の父だった。

斉藤家は、かやぶき屋根の一部2階建ての直屋《すごや》で、表から裏へ抜ける幅一間（約1・9メートル）の通り土間があった。1970年の石川啄木記念館（盛岡市玉山区渋民）開館を機に移築し、今も敷地内に保存されている。

──教育に情熱

啄木一家が暮らしたのは表通りに面した六畳の座敷。啄木は盛岡から移った日に「不取敢《とりあえず》机を据ゑたのは六畳間。畳も黒い、障子の紙も黒い、壁は土塗りのまゝで、云ふ迄もなく幾十年の煤の色。例には洩れぬ農家の特色で、目に毒な程焚火の煙が漲《みなぎ》つて居る。この一室は、我が書斎で、又三人の寝室、食堂、応接室、すべてを兼ぬるのである」（「渋民日記」3月4日付）と部屋の様子を記している。

その後、2階の十畳ほどの板間

に机を移し、書斎とする。ここで小説「雲は天才である」「面影」、教育論といえる「林中書」などを意欲的に書き、日記も残した。

啄木は、４月から渋民尋常高等小学校尋常科の代用教員として働く。郡役所に勤めていた妻節子の父堀合忠操《ちゅうそう》が就職のあっせんを知人に仲介した。月給８円。家族を養うには多い額ではなかった。

しかし、啄木は教育に情熱を燃やす。担当の尋常科のほかに課外授業として高等科の子どもたちに英語を教えた。熱意あふれる授業に生徒が日ごとに増えたという。型破りな教育は生徒の心をとらえたが、校長とは相いれなかった。「余は日本一の代用教員である」「余は遂に詩人だ、そして詩人のみが真の教育者である」。当時の日記からは、教育者としての過剰なほどの誇りが感じられる。

啄木が暮らした家は、宿場町の雰囲気を残す渋民の南寄りにあり、勤め先の学校や愛宕神社が近かった。佐蔵の孫にあたる小野キミ子さん（51）が10歳のころ、改築のため古い家を移した。「泊まりに来ると、子ども心に何か出てきそうな雰囲気の家だった。祖父が観光客に啄木の話を聞かせている姿を覚えている」という。啄木の歌を刻んだ小さな碑は１９５４年、映画「雲は天才である」のロケを記念して建てられ、今も家の前に残っている。

かにかくに渋民村は恋しかり
おもひでの山
おもひでの川

小野さんは父斉藤清人《きよと》さん（84）の介護のため、実家と宮城県七ケ浜町の自宅を往復していた。東日本大震災で高台の自宅は津波を免れたが、家の中はめちゃめちゃになった。両親を乗せて車で実家に避難する途中、心に浮かんだのは岩手山と姫神山、北上川に抱かれた古里の景色だった。「あそこにもう一度たどり着きたい」。当たり前だと思っていた風景。後で振り返ると、啄木が歌に詠んだ望郷の思いに重なった気がした。

啄木は代用教員をしながら小説を書く決意を固め、斉藤家２階の板間で最初の小説「雲は天才である」などを執筆した

自宅前にある歌碑の横で、啄木にかわいがられた斉藤佐蔵の思い出を語る斉藤清人さん（左）と小野キミ子さん＝盛岡市玉山区渋民

【アクセス】

旧斉藤家のある石川啄木記念館は、盛岡市玉山区渋民字渋民9。電話019・683・2315。IGRいわて銀河鉄道渋民駅から自動車で約5分、徒歩で約25分。東北自動車道滝沢ICから国道4号を青森方面へ約8キロ、約10分。

斉藤家の歌碑は記念館から南に約700メートル。徒歩で約10分。駐車場はない。

――ストライキ

啄木が渋民に移った年の暮れ、長女京子が誕生した。年が明けて3月。節子が京子を連れて盛岡の実家から戻るその日、宝徳寺の住職再任を働き掛けるために渋民に戻っていた一禎が突然姿を消す。罷免の原因となった宗費滞納の弁済もめどが立たず、住職復帰の道は断たれた。

啄木は渋民を離れることを決意。文芸雑誌「明星」を通して交流のあった函館の文学結社「苜蓿社《ぼくしゅくしゃ》」の松岡蕗堂《ろどう》を頼り、北海道に渡ることを決めた。学校に出した辞表は受理されず、教育刷新のため、高等科の生徒を率いて校長排斥を求めるストライキを起こし、免職となった。

1907(明治40)年5月4日。21歳の啄木は妻子、母親と離れ、女学校を退学した妹光子とともに好摩駅から北海道へ旅立つ。これが故郷との永遠の別れとなった。

【余話】

映画撮影隊が碑建立

旧奥州街道沿いの斉藤家の歌碑は、啄木の青春時代を描いた映画「雲は天才である」の中川信夫監督の提案で1954年5月18日に建てた。玉山村(現・盛岡市玉山区)を訪れた撮影隊有志36人が費用を出した。同年4月の合併で玉山村となり、啄木が詠んだ渋民村の名前が消えたことを中川監督は悲しんだ。

斉藤佐蔵は幼少時から宝徳寺を訪れ、啄木に感化されて盛岡中学(現・盛岡一高)に進んだ。経済的な事情で退学し、函館で質屋に勤めた。当時、東京にいた啄木は、函館の友人宮崎郁雨に手紙で仕事を紹介するよう頼んだ。「僕が弟々と呼んでゐた少年(中略)斎藤佐蔵と言つて、僕が渋民の代用教員時代そいつの家の二階を借りて住んでゐたのだ」(筑摩書房「石川啄木全集　第7巻　書簡」より)と紹介している。

石川啄木記念館に移築した旧斉藤家は2011年の啄木百回忌に合わせて40年ぶりに修復。歪みのあった土台を中心に手を入れ、移築以前の状態に近づけた。啄木が使った2階の立ち入りは許可が必要。

「啄木は憧れを持ち、心をときめかせて盛岡の街を見ていた。いい時代だった」。小説に描いた時鐘の前で、盛岡時代の啄木を語る山本玲子さん＝岩手県盛岡市内丸

第一部　青春の輝き⑫

盛岡時代 多くの刺激

インタビュー

山本玲子さん（石川啄木記念館学芸員）

啄木が青春の輝きを見せた盛岡時代。学友に囲まれて文学に熱中し、詩人として名を挙げ、貧しさの中にも充実した新婚生活を送った。啄木と盛岡について、石川啄木記念館（岩手県盛岡市玉山区）の学芸員山本玲子さんに聞いた。

—啄木は1895（明治28）年、9歳で故郷の渋民を離れ、盛岡高等小学校に入学した。盛岡中学を5年で退学するまでの7年余りと、新婚時代の9カ月を過ごした盛岡は当時、どんな雰囲気だったのでしょう。

「盛岡中学の頃に見た風景としてお話しすると、啄木は女学生が靴を履いて歩いているのを近代化の象徴として見ていた。建物もハイカラ化し、洋食屋さんや電燈会社もできた。啄木はそれを『破天荒な変化』（小説「葬列」）と言っている。県庁や郵便局、学校など洋風の建物が増えていた。今の殺風景な建物とは違って、おしゃれな建物ですね」

「それを啄木は心をときめかせ、自分も将来こういう家に住みたいと、憧れを持っていたと思う。詩稿ノート『呼子と口笛』（1911年）には〈西洋風の木造のさつぱりとしたひと構へ〉を古里に建てたいと書いている。何が無くてもいいけれども広い階段とバルコニーが欲しいとも言っている。バルコニーは、この時代の西洋建築の特徴だった」

—渋民の代用教員時代に書いた小説「葬列」には当時の啄木の様子をうかがわせる描写が多い。

「夜に歩くのが好きだったようです。口笛を吹きながら、あと追分節を歌いながら夜に散歩した。『葬列』の中には盛岡の様子が出てくる。花屋町（現在の本町通2丁目付近）の友人宅を訪ねたり、そのころは北山にあった田中の地蔵さんをなでてくるというのも小説の中にある」

「昔の音で出てくるのは鐘。午後3時になると内丸の鐘が鳴っていた。当時は今よりも西の師範学校（現在の県庁の向かい側）のそばにあった。鐘が鳴った時にちょうど〈鐘楼の下を西へ歩いて居た〉とある。『葬列』の中には、理髪店で髪を切っている男女の会話の盛岡弁がとても上手に書いてある。啄木は耳もいいし、鼻もいい。雨の匂いや夏草の匂い、普通表現しないことを表現する」

―盛岡時代の啄木は、山本さんの県立博物館時代の師である故門屋光昭さんとの共著「啄木と明治の盛岡」に詳しい。時代とともに啄木を描いたのはなぜですか。

「啄木と同じ場所に立って啄木が見た風景を見たりすることによって、啄木の声が聞こえてくるような気がして、より一層啄木を理解できる気がします。写真やイラストの場所に行き、イメージを重ねながら歩いてみます。足りないとは思うけれど啄木の世界をだいたい分かるような気がします」

「啄木が見たであろう風景を写真に撮りながら、小説のストーリーを見ていくように紹介してみたいと思っています。『葬列』もそうですが、渋民を書いた小説『鳥影』『天鵞絨《ビロウド》』を私流に訳しながら紹介してみたい」

―盛岡時代は、啄木の作品にどんな影響を与えたのでしょう。

「学生時代と新婚時代にいたので、盛岡は心ときめいていた、いい時代。さっそうと歩いていたような感じがしますね。このころから啄木は庶民の生活を見つめていたと思います。新しいものをどのように受け入れたかということや心境を啄木は後に小説にする。そういう意味で盛岡時代は啄木の小説の根底になっている。これがあってこその『一握の砂』であり『悲しき玩具』であると思います」

―その時代の友人たちにも刺激を受けた。

「最初に啄木が憧れたのは及川古志郎さん。兵学校を目指して合格し、後に海軍大臣になる。及川さんに憧れて、いつもくっついて、文体や文章をまね、たくさん本を借りて読んだ。でも啄木は体が小さいから金田一京助さん、野村胡堂さんを紹介されて文学の道に行く。啄木は憧れを持って、まねをするのが得意なんです。文学の道を目指すと与謝野晶子の歌をまねたり。いろいろなものに憧れ、まねることから身につけていった」

「そういう時代の啄木をいつもいいなあと思います。晩年の暗くて病気と闘っている啄木はちょっと切ない。むしろ盛岡時代の啄木を思うことによって私自身も元気になる気がする。盛岡時代の啄木を思うことは好きです。若々しく元気な啄木に会えそうな気がしますね」

【やまもと・れいこ】

1957年岩手県八幡平市生まれ。東北福祉大卒。県立博物館解説員を経て、90年から石川啄木記念館学芸員。主な著書に「啄木の妻　節子」「啄木歌ごよみ」「拝啓　啄木さま」など。八幡平市在住。

【余話】

小説に城跡や「時鐘」

明治時代の盛岡を舞台にした小説「葬列」は、啄木が渋民の代用教員時代の1906（明治39）年11月に書いた。日記には「予は十九日夜に稿を起して、二十二日夜までに、小説『葬列』の前半五十七枚を脱稿し、〝明星〟に送つた」とある。後半はなく、未完に終わった。

啄木自身を投影したような主人公立花浩一が5年ぶりに帰った盛岡を懐かしく回想し、歩く場面に街の様子を描いた。この年に盛岡城跡が「岩手公園」と整備され「ハイカラ化した」と小説に書いているが、現実の啄木は開園前に渋民に移住している。

鐘楼の下を通ったと描かれた「時鐘」は江戸時代、盛岡城下に時を告げた。現在は盛岡市内丸の鶴ケ池わきに移設されている。河南地区の十三日町（現在の南大通2丁目付近）と河北地区の三戸町（現在の中央通3丁目付近）にあった鐘のうち三戸町のもの。1679（延宝7）年にでき、「日影門外時鐘」と呼ばれた。高さ約2メートル、重さ約3トン。1955年ごろまで時刻を知らせた。67年盛岡市有形文化財に指定された。

いしぶみ散歩③

丸藤大通本店（岩手県盛岡市）

盛岡市の大通商店街の中ほどにある菓子店「丸藤大通本店」前の銅像は「北風に立つ少年啄木像」の題名が付いている。１９５７年に創業者の古希祝いとして建てられた。

彫刻家本田貴侶《たかとも》さん（埼玉大名誉教授）が岩手大教育学部助教授時代に制作した。書物を手に着物が体に張り付くほど強い風に向かって足を踏み出す少年。「（前略）与謝野鉄幹、晶子夫妻の魅力にひかれ、／希望に胸ふくらませて、／はげしい北風に立向う彼の姿である。」と記されている。

碑に刻まれた歌は「新しき明日の来るを信ずといふ／自分の言葉に／嘘はなけれど――」。没後に出版された歌集「悲しき玩具」に収められている。啄木の自筆文字を集めた。

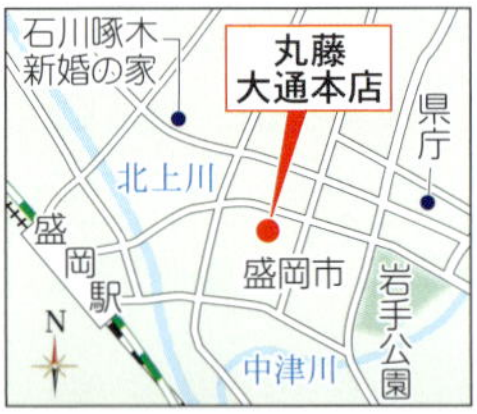

盛岡の繁華街に面して建つ
丸藤大通本店前の啄木像

啄木の文字を集めて刻んだ碑文

稲荷山（岩手県盛岡市玉山区）

渋民時代の啄木が旅に出る時は鶴飼橋を渡り、約4キロの道を歩いて好摩駅から汽車に乗った。当時はまだ渋民駅はなかった。

「霧ふかき好摩の原の／停車場の／朝の虫こそすずろなりけれ」の碑は、好摩駅西側の稲荷山と呼ばれる丘の上に1960年に建てられた。碑の文字は、啄木の2歳下の妹で北海道へ一緒に旅立った三浦光子に依頼。除幕式に、はるばる神戸から参列した。

好摩駅から啄木と旅立った妹光子の文字を刻んだ歌碑

ふもとの夜更け森園地には、当時の玉山村商工会が92年に建てた「公園の木の間に／小鳥あそべるを／ながめてしばし憩ひけるかな」の碑がある。

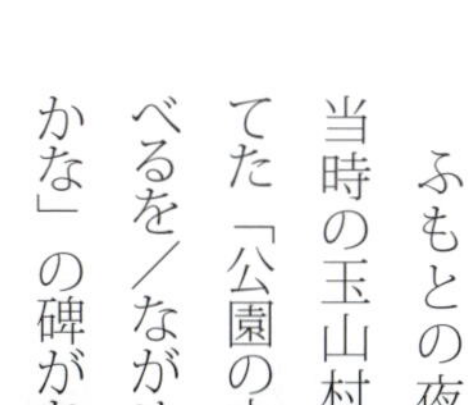

堀田秀子の下宿跡（岩手県八幡平市平館）

堀田秀子は、啄木が代用教員をしていた渋民尋常高等小学校に秋に転任し、同僚として半年余り交流があった。

啄木が渋民を離れる前日の1907（明治40）年5月3日の日記には「夜ひとり堀田女史を訪ふ。雨時々落し来ぬ。程近き田に蛙の声いと繁し」と、別れを告げに秀子の家を訪れた様子を記している。「かの家のかの窓にこそ／春の夜を／秀子とともに蛙聴きけれ」の歌は、その夜を回想して詠んだ。

歌碑は、秀子が渋民に移る前の平舘尋常高等小時代の下宿跡に64年に建てられた。隣には啄木の父一禎の生家があった。

渋民時代の同僚堀田秀子を詠んだ歌碑

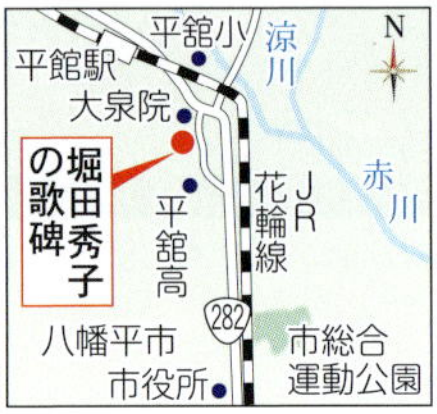

盛岡市先人記念館（岩手県盛岡市）

「ふるさとの山に向ひて／言ふことなし／ふるさとの山はありがたきかな」は、歌集「一握の砂」で渋民時代を回想する「煙二」54首を締めくくる歌。碑は当初、盛岡駅西側の旧国鉄盛岡工場に１９５４年建てられた。

旧国鉄盛岡工場から移設された歌碑

碑の文字は、啄木の生涯の友人だった国語学者金田一京助。建立当時は多忙な金田一に会えずに上京を繰り返したり、石が硬くて石工が音を上げたり苦労したという。

碑は工場廃止に伴って、盛岡市が譲り受けた。盛岡市先人記念館が87年開館。ゆかりの品などを展示する金田一京助記念室から見える庭に建っている。

■大間崎（青森県大間町）

本州最北端の地、青森県大間町の大間崎に啄木の歌碑3基が建ったのは1998年。中央に「東海の小島の磯の白砂に／われ泣きぬれて／蟹とたはむる」、左右に「大といふ字を百あまり／砂に書き／死ぬことをやめて帰り来れり」「大海にむかひて一人／七八日／泣きなむとすと家を出でにき」を刻んだ。日本文学研究者ドナルド・キーンさんの英訳も添えている。

地元の大間啄木会（米沢菊市会長）は啄木の詠んだ「東海」の「大間原風景説」を唱えた歌人の故川崎むつをさん（青森市）を顕彰。99年から毎年短歌大会を開いている。

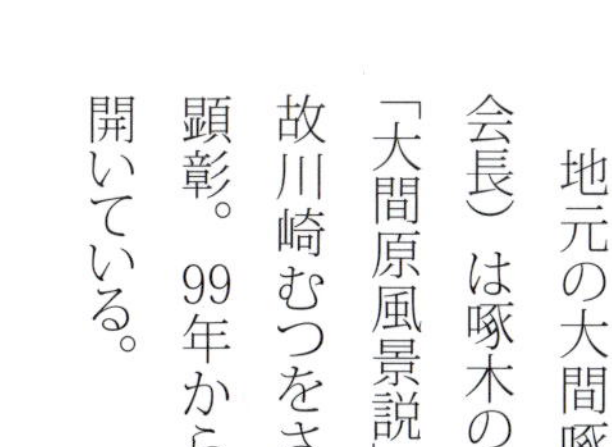

本州最北端の大間町にある歌碑

第二部

漂泊の旅路

啄木が函館に旅立った日の様子を詠んだ歌碑の前で、建立当時を振り返る青森県啄木会の吉田嘉志雄さん＝青森県青森市

第二部　漂泊の旅路①

北への船旅 家族思う

合浦公園（青森県青森市）

一家離散し、津軽海峡を越えて北海道に渡った啄木。新天地を求めて函館から札幌、小樽、釧路へと北の大地を駆け抜けた1年は、後の作品に大きな影響を与えた。第2部は、碑に刻まれた啄木のうたとともに北海道時代の漂泊の軌跡をたどる。

船に酔ひてやさしくなれる
いもうとの眼見ゆ
津軽の海を思へば

啄木が妹光子を伴い北へ旅立ったのは1907（明治40）年、渋民の桜が盛りを過ぎた5月の初めだった。家財道具を質入れし、懐には9円70銭。これが二人の旅費だった。

妻節子と前年暮れに生まれた長女京子は盛岡の節子の実家へ。母は渋民の知人宅に預けた。家出した父一禎は青森・野辺地の師僧のもとに身を寄せていた。一家を支えていた21歳の啄木が代用教員を免職となり、自ら日記に「唯小説のうちにのみあるべき事」と書いた一家離散が現実となった。

列車に約7時間揺られ、青森駅に着いたのは夜の9時半。二人は函館に向かう陸奥丸にすぐ乗り込んだ。夜明けの出港を待つ間、啄木は甲板に出て街の明かりを眺め、故郷渋民と家族を思い涙を流した。

翌朝5時前に目覚めると、船は既に港を出ていた。天気は悪く、冷たい風に時々雨が交じっていた。

「海峡に進み入れば、波立ち騒ぎて船客多く酔ひつ。光子もいたく青ざめて幾度となく嘔吐を催しぬ。初めて遠き旅に出でしなれば、その心、母をや慕ふらむと、予はいといとしきを覚えつ」。啄木はその日の日記につづっている。

青森湾に面した青森市の合浦《がっぽ》公園に歌碑ができたのは、啄木が津軽海峡を渡って半世紀後の1956年5月4日。船旅の思い出を詠んだ歌が刻まれた。

船に酔ひてやさしくなれる
いもうとの眼見ゆ
津軽の海を思へば

波打ち際に近い場所にある大きな碑には、歌に登場する妹光子の筆による堂々とした文字。除幕式にも神戸から参列した。

――歌人が顕彰

建碑活動を先導したのは青森県啄木会。中心となったのは啄木の顕彰活動を長年続けてきた歌人の故川崎むつをさん（青森市）だった。戦前から啄木祭を開き、２００５年に98歳で亡くなるまで現役で口語歌を作り続けた。

「合浦公園の歌碑は川崎さんの執念だった。弘前の石材店に泊まり込んで石を見つけてきた」。青森県啄木会の事務局長を長年務めている吉田嘉志雄《かしお》さん（90）＝青森市＝は当時を振り返る。

吉田さんは戦後、仕事を辞めて帰郷。川崎さんに出会って啄木を知った。「川崎さんはとても熱心な人で、どこでも人に声を掛けた。弘前や十和田、野辺地、大間などに啄木会ができた。川崎さんがいなければ青森県の啄木運動はなかった」。青森県啄木会は２０００年まで機関誌「樹木」を刊行。現在も5月4日に合浦公園で碑前祭を開き、啄木と青森の縁を大切にしている。

――親子の再会

青森市から東へ約40キロ。野辺地町を見渡す高台にある愛宕公園にも啄木の歌碑が建っている。伯父の葛原対月《かつらはらたいげつ》が15年間住職を務めた常光寺があり、父の一禎も計３年間、二度にわたり身を寄せていた。碑は１９６２年に建てられ、啄木の古里から姫神山の黒御影石が運ばれた。

潮かをる北の浜辺の
砂山のかの浜薔薇《はまなす》よ
今年も咲けるや

啄木が最初に野辺地を訪れたの

野辺地の町を見渡す愛宕公園の歌碑。伯父や父が暮らしていた野辺地を啄木は３度訪れた

啄木の父一禎が計3年間、身を寄せていた常光寺。本堂の建物は当時の面影を残している＝青森県野辺地町

歌碑のある愛宕公園からの野辺地の街並み。啄木は子どもたちとハマナスの花や実を摘んで遊んだ

【アクセス】

合浦公園は、青森道青森中央ICから約6キロ、自動車で約20分。JR青森駅から路線バスで約20分「合浦公園前」下車。

愛宕公園は、青森道青森東ICから国道4号経由で約38キロ、約1時間。青い森鉄道野辺地駅から自動車で約5分、徒歩で約20分。

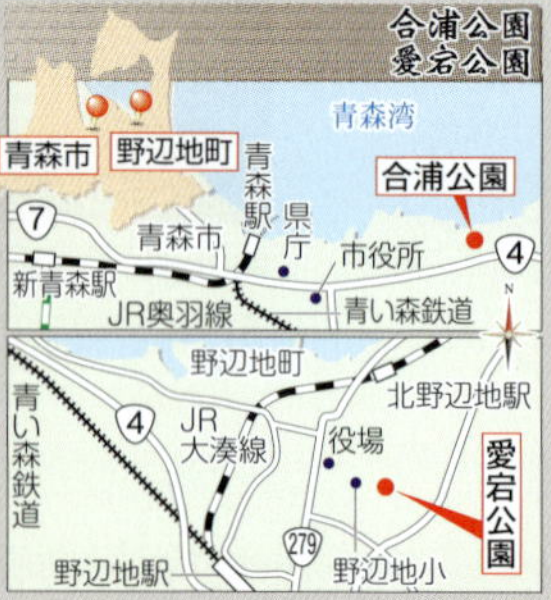

は18歳の時。詩集刊行のために上京する直前だった。次姉トラ夫妻のいる小樽へ向かう途中に3、4時間ほど下車。浜辺でハマナスの花や実を摘んで子どもたちと遊んだことを友人に手紙で報告している。

次は盛岡の新婚時代。函館に移った姉トラを訪ねた帰りに常光寺で父一禎に会った。ともに金策だったが、不調に終わった。

3度目の野辺地訪問は函館時代。妹光子と津軽海峡を渡って3カ月後、代用教員の職を得て妻子を呼び寄せ、母カツを迎えるために常光寺で待ち合わせた。一晩だけだったが、離ればなれの親子3人が久しぶりに集まった。「其夜の心地は宜敷お察し下され度候」。母と函館に戻った啄木は、友人宮崎郁雨への手紙で、少し照れくさそうに再会の様子を記している。

北の大地に活路を求めた啄木は、函館で文学を愛する友に温かく迎えられ、新たな一歩を踏み出す。しかしすぐに不運な出来事に巻き込まれ、北海道を転々とすることになる。

【余話】

近い風土、愛好者多く

青森県内の啄木文学碑は青森市と野辺地町を含めて5カ所に計7基ある。啄木が暮らした場所はないが、手紙や日記に足跡をはっきりと記したのは3カ所。十和田市と大間町には、地元の愛好者らが碑を建てている。青森県啄木会の会長を長く務めた川崎むつをさんをはじめ、愛好者の強い熱意の表れだろう。

青森と岩手という風土性の近さなのか、熱心な愛好者も多い。三沢市出身で歌人、俳人、劇作家など幅広く活躍した寺山修司（1935~83年）は、啄木について多くの文章を残した。

「一人の歌人をもって、一つの時代の青春を代表させることができたのは石川啄木までだったのではなかろうか？／啄木の詩歌を読むと、啄木の生きた時代が、当時の新聞記事よりもなまなましく感じられてくる」（「啄木を読む」）と称賛する。

その一方で「ふるさと」「家」「女」などをキーワードに啄木の内面と作品をやや批判的に読み解いているのは興味深い。

文学仲間との思い出をいとおしく詠んだ函館公園の歌碑 = 北海道函館市青柳町

第二部　漂泊の旅路②

生活と文学の新天地

函館公園（北海道函館市）

函館の青柳町こそかなしけれ
友の恋歌
矢ぐるまの花

1907（明治40）年5月5日。船で北海道に渡った啄木は、妹光子と函館の鉄道栈橋に降り立った。光子は、さらに姉トラが暮らす小樽へ向かった。当時の函館は、啄木が来る前年に人口9万を数え、東京より北では最大の都市だった。

啄木を迎えたのは文学結社「苜蓿社《ぼくしゅくしゃ》」の同人たち。東京新詩社の機関誌「明星」に短歌を発表していた松岡蕗堂の発案で、この年1月に雑誌「紅苜蓿《べにまごやし》」を創刊した。「明星」で活躍する啄木に発刊を知らせると詩3編が届き、創刊号に掲載。詩集「あこがれ」を出し、名の通った天才詩人は「鶏小屋に孔雀が舞い込んだようだ」と歓迎された。

雑誌に情熱

啄木は蕗堂が暮らす青柳町の下宿に身を寄せた。苜蓿社の看板を掲げ、同人たちが集まる場所だった。函館入りの6日後に同人の吉野白村と岩崎白鯨が訪れ、4人で歌会をした。久々に短歌を作った啄木は「すでに二年も休んで居たので、仲々出ぬ」と日記に書いている。

啄木は苜蓿社の事実上の主宰者大島流人《るじん》に主筆を任された。6月発行の第六冊（第6号）から編集を担当。題字の読みを「れッど・くろばあ」と変えるなど雑誌編集に情熱を示した。

一方、生活のために函館商業会

議所の臨時雇いとなり、日給60銭で5月末まで働いた。翌月には、同人の年長者で東川尋常高等小学校で教えていた吉野の仲介により、弥生尋常小学校の代用教員となった。

月給12円と安定した職を得た啄木は、青柳町に長屋を借り、盛岡から妻節子と長女京子を呼び寄せた。六畳二間だが、親子三人での初めての暮らしは幸せな時間となっただろう。この家はやがて同人たちが集う場所になった。南部せんべいと夏ミカンを食べながら、若い同人たちはいつも文学か恋愛のことを語った。啄木も節子との恋愛を言葉巧みに話し、同人たちも恋や悩みを披露して夜が更けていった。

函館の青柳町こそかなしけれ
友の恋歌
矢ぐるまの花

啄木の借家に近い函館公園の碑は、函館時代をいとおしく回想する歌を刻んだ。啄木の命日に当たる1953年4月13日に建てた。

——遠く立待岬

二度目の代用教員生活も、1カ月ほどで「健康の不良と或る不平とのために」出勤しなくなった。心配した同人の宮崎郁雨は知人を通して函館日日新聞に紹介。小学校に在職のまま月給15円の遊軍記者として8月18日に入社すると「月曜文壇」「日日歌壇」を立ち上げ、「辻講釈」の題で評論を書き、精力的に働いた。

この頃、啄木がよく訪れたのは市街を挟んで函館港の反対側にある大森浜。東に開けた海岸は砂山が続き、津軽海峡の向こうには遠く下北半島が見えた。

大森浜に面した同市日乃出町の国道278号沿いに啄木の座像がある。札幌市出身の彫刻家本郷新（1905〜80年）の作品で58年に設置。砂山の面影はなくなった海岸線の先に啄木一族の墓のある立待岬が見える。

潮かをる北の浜辺の
砂山のかの浜薔薇よ
今年も咲けるや

大森浜に建てられた啄木の座像。一族の墓がある立待岬が遠くに見える＝函館市日乃出町の啄木小公園

啄木の行き来した青柳町周辺を案内する森武さん。奥に見える石垣から左に啄木が暮らした長屋が続いていた

【アクセス】

函館公園は、市電青柳町停留場から徒歩約 1 分。JR 函館駅から約 2.5 キロ、自動車で約 5 分。

啄木小公園は、国道 278 号沿い。JR 函館駅から約 2.5 キロ、徒歩約 30 分、自動車で約 5 分。路線バスで啄木小公園停留所下車、約 10 分。函館空港からは約 6 キロ、自動車で約 10 分。駐車場あり。

台座に刻んだ歌は、歌集「一握の砂」で北海道の回想歌を集めた第4章の冒頭歌。「忘れがたき人人一」の題の付いた111首は北海道の足跡をたどるように歌が並ぶ。座像の周囲は啄木小公園として整備。夏にはハマナスが赤紫色の花を咲かせている。

「高校生の頃は大森浜をよく歩いた。歌のイメージがここにあった」。2012年春まで函館市文学館館長を務めた森武さん（64）は函館で高校時代を過ごした。高校の国語教員となり、大学の卒論「啄木の人生と歌」を自主教材に直して授業などで啄木を紹介。「ほら吹き、借金、女好き。負のイメージが強いが、家族を愛していないことは絶対にない」。100年読み続けられる歌の力を語る。

文学と仕事がともに軌道に乗り始めた8月25日夜。函館市街の約9千戸を焼失する大火が起きた。弥生尋常小、函館日日新聞社も焼失。青柳町の家は延焼を免れたが、印刷のために預けた「紅苜蓿」第8号の原稿が焼けてしまった。「雑誌は函館と共に死せる也、こゝ数年のうちこの地にありては再興の見込なし」。一夜で多くのものを失った啄木は日記にこう書き残した。

【余話】

暮らしを支えた人々

啄木の文学活動を経済的に支える宮崎郁雨（本名・大四郎）も苜蓿社同人の一人で函館で出会った。新潟生まれで、函館に移った父親がみそ製造に成功。函館を代表する実業家の家庭に育った。

苜蓿社の同人たちの協力で青柳町の長屋に移った啄木は、翌日に郁雨に借金を申し込むはがきを書いている。これが郁雨への最初の無心状だった。

函館日日新聞社でも啄木は入社早々、給料の前借りを申し出た。社長は金の代わりに米屋から借りてコメ一斗（約18リットル）を持たせたという。

啄木が母カツを迎えに野辺地に向かう旅費は、節子の行李を質入れして工面した。質屋は現在も宝来町に蔵が残っており、隣が喫茶店になっている。

大森浜は現在、遊泳禁止だが、啄木の頃は泳いでいた。日記にも「只此夏予は生れて初めて水泳を習ひたり、大森浜の海水浴は誠に愉快なりき」と記している。函館時代に書いた小説「漂泊」の舞台として登場している。

吉野白村の出身地にある JR 船岡駅の歌碑に啄木への思いを込めた鈴木宗夫さん（左）ら柴田啄木会の人たち＝宮城県柴田町

第二部　漂泊の旅路③

良き文学仲間が支援

JR船岡駅（宮城県柴田町）

汽車の窓
はるかに北にふるさとの山見え来れば
襟を正すも

啄木にとっての函館は、知人が一人もいない土地だった。そこで温かく迎えたのは、文学結社「苜蓿社《ぼくしゅくしゃ》」の同人たち。毎晩のように文学や恋愛を語り合うだけでなく、仕事を世話したり、住まいを見つけて生活の場を整えた。

「明星」の与謝野鉄幹に認められて以来、詩を中心に発表していた啄木は、函館の友人に囲まれて、再び短歌を作るようになった。函館を離れて3年後の1910（明治43）年に発刊した最初の歌集「一握の砂」は、第4章「忘れがたき人人」で北海道時代を回想。函館の情景とともに個性豊かな同人たちに親しみを込めて詠んだ歌も数多く収めている。

「おそらくは生涯妻をむかへじと／わらひし友よ／今もめとらず」。

啄木と同じ年齢で、郵便局に勤めていた岩崎白鯨（本名・正）をこう詠んだ。松岡蕗堂（政之助）とともに函館に着いた啄木を迎えに行った人物だ。

後に上京して文学に専念する啄木を経済的に支えることになる宮崎郁雨（大四郎）は「智慧とその深き慈悲とを／もちあぐみ／為すこともなく友は遊べり」と詠んでいる。同人の会合でも静かだった郁雨の温厚で控えめな性格が表れている。二人が特に親しくなったのは啄木が函館に移って2カ月ほど過ぎた7月ごろ。啄木は日記にも「これ真の男なり、この友とは七月に至りて格別の親愛を得たり」と記している。

——白村に信頼

５歳年上の吉野白村（章三）は東川尋常高等小学校の訓導。啄木に弥生尋常小学校代用教員の職を世話した。「若くして／数人《すにん》の父となりし友／子なきがごとく酔へばうたひき」。白村は、弟妹を含めて８人の大家族。経済的には苦しかったが、酒が入ると陽気になった。

啄木は白村の歌の力を認め、互いに厚い信頼で結ばれていた。函館で生まれた次男浩介の名付け親となり、札幌、小樽を経て釧路に移ってからも自分の暮らす土地に白村を招こうとした。しかし、白村が釧路の小学校長となったのは、啄木が去って4カ月後のことだった。

白村の出身地、宮城県柴田町（旧船岡村）にあるＪＲ船岡駅のホームには、２００３年に地元の有志が建てた啄木の歌碑がある。

盛岡中学を中退して、文学で生きるために上京した16歳の啄木は経済的に困窮。4カ月後に父一禎に連れられて帰郷した。当時はまだ船岡駅はなかったが、付近を通過したのが１９０３（明治36）年２月27日早朝。失意の帰郷から１００年目を記念して、故郷に向かう思いを詠んだ歌を刻んだ。

汽車の窓
はるかに北にふるさとの山見え来れば
襟を正すも

建碑に集まった人たちは翌年、柴田啄木会を結成。会長を務める鈴木宗夫さん（77）は約60年前、仕事のために暮らしていた釧路で啄木の歌碑を見て「いつか古里に建てたい」と思っていた。場所がなかなか決まらなかったが、当時の船岡駅長が啄木ファンで、駅構内への建立に協力したという。

——親子で遊ぶ

駅舎内には啄木と船岡の関わりを紹介する展示コーナーがある。白村の三男が母親から聞いた函館時代の思い出をつづった手紙には、啄木が娘の京子を連れて白村親子や白鯨と大森浜で遊んだことなど

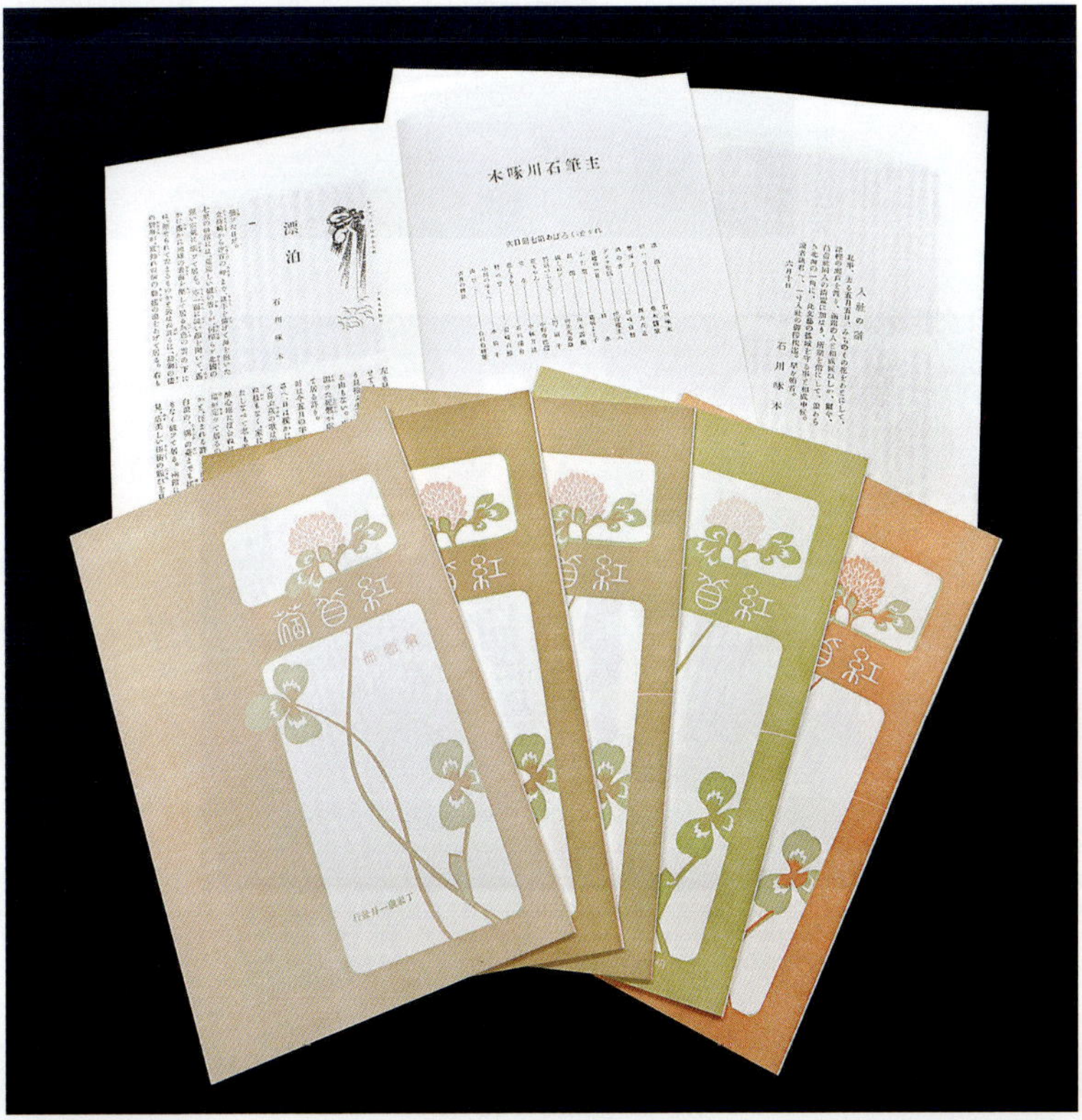

復刻版の「紅苜蓿」。啄木が編集を担当した第六冊（右上）には入社の辞、第七冊（左上）には小説「漂泊」が載った

船岡駅構内の展示コーナー。啄木との思い出をつづった手紙の複製などを紹介している

苜蓿社の同人らと記念撮影する啄木（後列右）。前列左から吉野白村、松岡蕗堂、宮崎郁雨。後列左から岩崎白鯨、並木翡翠＝1907（明治40）年7月撮影、石川啄木記念館提供

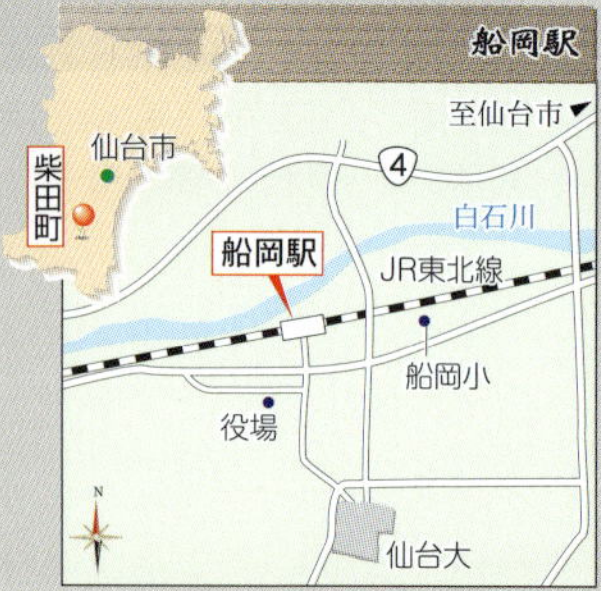

【アクセス】

船岡駅は、JR 東北線で仙台駅から普通列車で約 30 分。東北道村田 IC から国道 4 号などを経由して約 13 キロ、自動車で約 30 分。

が書かれている。

「船岡は、仙台大学や柴田高校があり、通学で利用する若者に見てもらえる」と鈴木さん。同郷の白村の依頼を受けて啄木を代用教員に紹介した弥生高等小学校の校長、島貫政治も船岡の出身。啄木を支えた二人を顕彰し、ゆかりの地を毎年訪ねるなど、会員とともに活動を続けている。

　1907（明治40）年8月25日の函館大火により、職場と文学活動の場を失った啄木は、札幌の北海道庁に移っていた「紅苜蓿《べにまごやし》」寄稿者の向井夷希微《いきび》（永太郎）に就職の紹介を依頼。北門新報社に校正係の仕事が見つかり、家族と離れて一足先に札幌に旅立つ。

「知る人一人もなかりし我は、新らしき友を多く得ぬ。（中略）而して今予はこの紀念多き函館の地を去らむとするなり」。9月13日。家族と文学仲間に囲まれた幸せな132日間の函館生活は不運な形で終わりを告げた。

【余話】

唯一真面目な文芸誌

　苜蓿社で啄木が編集に携わった雑誌「紅苜蓿」は、函館市文化・スポーツ振興財団発行の復刻版で読むことができる。啄木が主筆となった第六冊(第6号）には巻頭に啄木の詩「水無月」を置き、巻末に啄木の「入社の辞」を掲載している。

　第7号は函館で執筆した小説「漂泊」の（一）を収録。表紙裏の「主筆石川啄木」の活字が前号より大きくなっているのが目を引く。地方都市の文芸雑誌としては詩、短歌、小説など内容が多彩で、表紙デザインも美しく、同人たちの意気込みが伝わってくる。啄木は「函館の夏」（九月四日記）と題した日記に「四十頁の小雑誌なれども北海に於ける唯一の真面目なる文芸雑誌なり」と評している。

　歌集「一握の砂」の「忘れがたき人人　二」22首のモデルとなる橘智恵子と出会ったのも函館時代。啄木が代用教員として勤務した弥生尋常小学校の同僚だった。日記では「真直に立てる鹿ノ子百合なるべし」と表現し、札幌に旅立つ前日に2時間ほど語らったことも書き残している。

観光客でにぎわう大通公園の一角にある啄木の歌碑とブロンズ像。広々とした札幌の街を懐かしむ歌を刻んだ＝北海道札幌市中央区

第二部　漂泊の旅路④

美しき街に心引かれ

大通公園（北海道札幌市）

しんとして幅広き街の
秋の夜の
玉蜀黍《とうもろこし》の焼くるにほひよ

啄木が降り立った北の街は、秋の気配に包まれていた。函館大火の翌月、啄木は北門新報社の校正係として働くため、札幌にやって来た。

夜汽車に単身乗り込み、函館を離れたのは1907（明治40）年9月13日の夜。小樽に翌朝いったん下車し、家族が世話になる姉トラ夫妻の家に立ち寄った。

札幌駅で昼すぎに出迎えたのは函館時代の友人、向井夷希微《いきび》（本名・永太郎）と松岡蕗堂（政之助）の二人。駅から近い二人の下宿に向かった。当時の札幌は、大火のあった函館から職を求めて移り住む人が多く、貸家や下宿屋はいっぱいだった。啄木は二人が暮らす下宿にそのまま身を寄せた。

札幌は、明治に入って開拓使が置かれ、北海道の政治経済の中心となった。碁盤の目のように整然とした街路整備が進んだ。啄木は翌日、初めての街を歩き回り、印象を日記に残している。

「札幌は大なる田舎なり、木立の都なり、秋風の郷なり、しめやかなる恋の多くありさうなる都なり、路幅広く人少なく、木は茂りて蔭をなし人は皆ゆるやかに歩めり（中略）札幌は詩人の住むべき地なり、なつかしき地なり静かなる地なり」

――露堂が紹介

啄木の職場となった北門新報社は「北海タイムス」に次ぐ規模の新聞。6ページ建てで6千部発行してい

た。記者は主筆をはじめ6人、校正係は啄木を含めて2人。校正係の勤務は午後2時から8時までで月給15円だった。記者の中に同じ岩手の宮古出身で啄木より9歳上の小国露堂（善平）がいた。向井に頼まれた露堂が啄木を会社に紹介した。

啄木は入社翌日から「北門歌壇」を設け、札幌の印象をまとめた「秋風記」を書くなど校正係を超える精力的な仕事ぶりを見せた。「秋風記」は入社のあいさつ代わりに1面に掲載された。「札幌は寔《まこと》に美しき北の都なり。初めて見たる我が喜びは何にか例へむ」。木々に囲まれた街の雰囲気に心引かれた様子が伝わってくる。

「秋風記」の一節とともに啄木の歌を刻んだ碑は1981年、大通公園の一角に建てられた。歌集「一握の砂」に収めた一首は、秋の札幌の情景を鮮やかに思い起こさせる。

しんとして幅広き街の
秋の夜の
玉蜀黍の焼くるにほひよ

除幕式は啄木が札幌に着いた9月14日。碑の横には着物姿の啄木の座像がある。右手を水平に挙げたクラーク博士像で知られる地元の彫刻家坂坦道《さかたんどう》さん（1920〜98年）が制作した。

啄木没後100年の2012年、札幌で四つ目の歌碑が9月15日にできる。啄木の下宿跡から歩いて5分ほどの偕楽園緑地。北海道最初の公園「偕楽園」の跡には、1880（明治13）年に開拓使の貴賓接待所として建てられた和洋折衷の「清華亭」が市指定有形文化財として今も保存されている。

——住むべき地

建碑の中心となっている札幌啄木会代表の太田幸夫さん（74）は「札幌駅から徒歩圏内で明治の面影を残している唯一の場所。下宿からも近く、啄木はおそらく散歩しただろう」と語る。ポプラの木をイメージした形の石に「アカシヤの街越《なみき》にポプラに／秋の風／吹くがかなし

啄木の下宿跡に建つオフィスビル入り口に置かれた啄木の胸像。札幌市内のアマチュア彫刻家が作った＝札幌市北区

明治の雰囲気を感じさせる偕楽園緑地に9月完成する歌碑の前で、啄木への思いを語る太田幸夫さん＝札幌市北区

【アクセス】

大通公園の啄木歌碑は札幌市中央区大通西3丁目、JR札幌駅南口から約1キロ、徒歩で約12分。

啄木下宿跡の胸像は、同市北区北7条西4丁目の札幌クレストビル入口にある。JR札幌駅北口から約150メートル、徒歩で約2分。偕楽園緑地は、同市北区北6条西7丁目。JR札幌駅北口から500メートル、徒歩約6分。

と日記《にき》に残れり」の歌を刻む。

太田さんは元国鉄の技師。北海道の鉄道史を個人的に調べるうちに、鉄道に関する歌を多く詠んだ啄木に親しむようになった。「歌の背景になる当時の移動手段や生活事情が分からないと、情景が分からない」。古い時刻表などから啄木の旅路を追い、1998年に「啄木と鉄道」を出版。札幌啄木会を2002年に立ち上げた。

北門新報入社から5日目の夜。啄木は同郷の小国露堂に呼ばれ、翌月創刊する「小樽日報」に記者として一緒に移ることを持ちかけられる。露堂と意気投合した啄木は、札幌で一緒に暮らす予定だった妻節子にあわてて電報を打ち、姉夫妻のもとにとどまるように伝える。

9月27日。「詩人の住むべき地」と記した札幌の生活はわずか2週間で終わった。啄木は北門新報社を辞めて、家族の待つ小樽に向かう。

偕楽園緑地に完成した歌碑（2013年4月撮影）

【余話】

友人たちがモデルに

啄木の北門新報社入りを仲介した小国露堂は1877（明治10）年、東閉伊郡宮古村（現・宮古市）で生まれた。北海道で新聞記者などをした後に帰郷し、1928年に宮古新聞社を創立。念願だった郷里での新聞発行を続け、41年12月終刊となるまで編集主筆兼印刷発行人として活躍した。52年、転居した盛岡で74歳で亡くなった。啄木が小樽日報社を辞めた直後に同社札幌支社に入り、その後も啄木の後任として釧路新聞に勤めた。

札幌時代の二人は同郷ということもあり、互いの家を訪ねる親密な仲になる。露堂の家で啄木は、後に童謡詩人として「赤い靴」「七つの子」などを世に出すことになる野口雨情と出会い、ともに小樽日報社に入る。

北海道から上京後の1908（明治41）年に啄木が書いた未完の小説「札幌」は札幌時代の友人たちをモデルにしている。露堂が啄木を小樽日報に誘った様子や下宿の娘たちも詳しく描かれ、札幌に寄せる啄木の思いをのぞかせている。

啄木が最初に暮らした花園町周辺を見下ろすように建つ小樽公園の歌碑＝北海道小樽市

第二部　漂泊の旅路⑤

情熱ささげた記者職

小樽公園（北海道小樽市）

こころよく
我にはたらく仕事あれ
それを仕遂げて死なむと思ふ

札幌を2週間で離れて小樽に移った啄木は、姉トラ夫妻の家で家族と再会。5日後に南部せんべい店2階の六畳と四畳半の二間を借り、妻節子と娘京子、母カツと生活を始めた。北海道小樽市花園3丁目のこの場所は現在、すし店が建っている。2階広間に当時のものと伝わる床柱があり、啄木の肖像画も飾られている。

1907（明治40）年10月1日、半月後に創刊を控えた小樽日報社で編集会議が開かれた。啄木は、同時期に入社し、後に童謡詩人となる野口雨情（本名・英吉）と三面を担当。15日付創刊号は楽隊が市中を練り歩き、にぎやかに配ったという。

小樽は当時、鉄道開通を契機に道内最大の商業都市に発展。人口は札幌を上回る9万人と函館に肩を並べ、活気にあふれていた。啄木は、犯罪や気象災害、教育、演芸など幅広い分野の記事を執筆。後に自分の記事を集めた「小樽のかたみ」には「予が毎日筆にする処三百行以上に上る事敢て珍らしからざりき」と多くの原稿を書いたことも記した。出社は午前9時。帰りは夜9時、10時という働きぶりだった。

──友人を勧誘

社内は、当初からごたごたが絶えなかった。主筆と気が合わない雨情は啄木らと排斥を企てたが、計画が漏れて逆に雨情が退社。主筆は啄木を取り込もうと、三面主任にして月給を5円上げ25円にした。最後は混乱を収拾するため、社長が主筆を解任。後任に啄木が推薦する沢田天峯（信太郎）を迎えた。沢田は函館時代の友人で大火後、札幌の北海道庁に勤めていたが、啄木の熱心な誘いに動かされた。

　沢田は当時を回想する随筆で、啄木の熱意あふれる仕事ぶりを伝えている。「啄木と私とは編輯《へんしゅう》室の一番奥まった処に、壁を背にして卓子を並べ、殆ど競争の姿で筆を執ってゐたが、仕事にかゝった後の彼の態度は実に真剣で、煙草も吸はず、口も利かずにセッセと原稿紙に向って毛筆を走らせる丈であった」

　11月に啄木は借家に引っ越し、函館時代のように友人が出入りした。沢田も一時、身を寄せたほか、地元の文学少年、高田紅果（治作）と藤田南洋（武治）が訪れたのもこの頃。長髪、ひげの学者風の詩人を想像していた二人は五分刈り、色白で若々しい啄木に引きつけられた。

　小樽での啄木顕彰活動の歴史は古く、啄木の一周忌には「忌日会」を開催。戦後は紅果らによる遺稿集刊行や歌碑建設を通して、小樽啄木会が組織された。小樽公園に最初の歌碑ができたのは１９５１年11月。公園は最初に暮らした家の前の通りを西へ、緩い坂を上った場所にある。

こころよく
我にはたらく仕事あれ
それを仕遂げて死なむと思ふ

　この碑ができるまでには曲折があった。３年前に建てた木製の仮碑は、小樽日報時代の回想歌「かの年のかの新聞の／初雪の記事を書きしは／我なりしかな」。戦後の燃料不足から盗まれた。その後「かなしきは小樽の町よ／歌ふことなき人人の／声の荒さよ」が公募で1位に選ばれたが、「詩歌に関心が薄く生活に明け暮れる人々」と詠んだことに難色を示した市議会が助成金を否決。次点の「こころよく―」に落ち着いた。

明治末期に小樽公園から水天宮方面を見た風景。啄木が暮らした家は通りの中ほど右側にあった。画面奥の水天宮社殿ができた 1903（明治 36）年以後の撮影とみられる（小樽市総合博物館所蔵）

啄木が最初に暮らした場所は現在すし店があり、２階和室には肖像画などが飾られている

小樽港を一望する水天宮にある歌碑の前で啄木の魅力を語る水口忠さん＝北海道小樽市

【アクセス】

小樽公園は、JR小樽駅から南へ約1.5キロ、国道5号を経由し徒歩で約20分。札幌自動車道小樽ICから自動車で約10分。路線バスで「花園公園通」停留所下車、徒歩で約5分。小樽市花園5丁目。

水天宮は小樽公園から公園通り経由で約1キロ、徒歩で約12分。小樽市相生町3の1。啄木の下宿跡にあるすし店「た志満（じま）」は小樽市花園3丁目9の20。電話0134・23・0511。

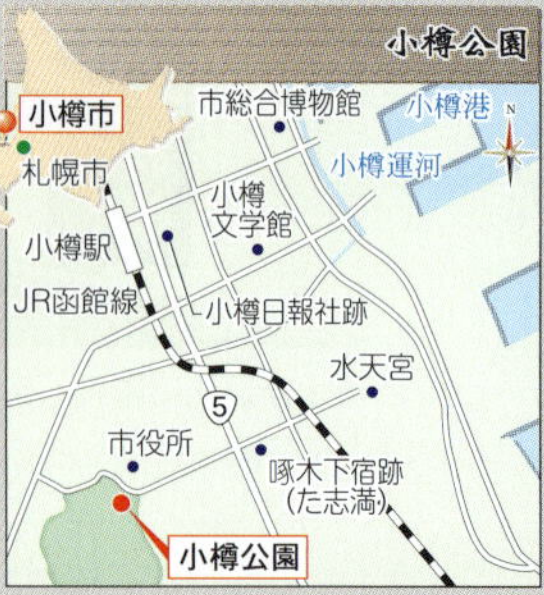

――残した業績

「かなしきは―」の歌を刻んだ碑は30年近く後の１９８０年、啄木が最初に暮らした場所を挟んで公園の向かい側の高台にある水天宮に建立。２００５年には市内３基目の歌碑がＪＲ小樽駅前にできた。この時は多くの寄付が集まったという。

「以前はマイナス面に注目する人が多かったが、歌碑ができて60年が過ぎ、市民の意識も変わった」。４代目会長の水口忠さん（82）＝小樽市望洋台２丁目＝は変化を感じる。小樽啄木会は２０１２年６月に「風のごとくに　小樽の啄木」を刊行。市立小樽文学館では没後１００年に合わせて「石川啄木と小樽啄木会」展も開かれた。

「啄木の歌は分かりやすく、すっと心に入ってくる。小樽に縁があり、１００年も残る歌人は他にいない」。新聞記者として熱意あふれる仕事を残した小樽で、啄木の魅力を語り続けている。

【余話】
読みやすい字が好評

北海道函館市にある墓碑をはじめ、啄木歌碑の多くには自身の筆跡が使われている。丸みを帯びて読みやすい文字は、新聞記者時代から好評だった。

小樽日報で一緒に働いた沢田天峯は、回想「啄木散華」に「工場では啄木の原稿は大歓迎で、非常な人気があった、それは第一に字のキレイなこと、次は文章の巧みなこと、それに消字が少くて読みよいことと云ふので、文撰長などはスッカリ此点で啄木崇拝家になってゐた」と記している。

啄木が小樽で最初に暮らした南部せんべい店２階には、ふすま一枚隔てた隣に易者が住んでいた。「泣くがごと首ふるはせて／手の相を見せよといひし／易者もありき」。歌集「一握の砂」に彼の印象を詠んだ歌を収めている。姓名鑑定をしてもらった啄木は、日記に「五十五歳で死ぬとは情けなし」と記した。鑑定に不服そうだが、実際には病気のため半分にも満たない26歳で短い生涯を終えている。

「乱暴したことが縁になったのは複雑な思いがありますね」。法用寺の二つの歌碑を前に祖父への思いを語る中野博忍さん＝福島県会津美里町

第二部　漂泊の旅路⑥

同僚ともめ 小樽去る

法用寺（福島県会津美里町）

敵として憎みし友と
やや長く手をば握りき
わかれといふに

啄木は小樽日報の記者として、友人の編集長沢田天峯（本名・信太郎）とともに意欲的に働いた。社内の混乱後に主筆をはじめ記者の大半が入れ替わり、活気が出始めたが、販売や広告の業績は低迷。経営者の意欲のなさを感じ取った啄木は、熱意を急速に失った。

そこに舞い込んだのは札幌にできる新聞社の話。札幌の北門新報社で一緒に働いた宮古出身の記者小国露堂（善平）の情報だった。

転職を狙う啄木は仕事後に札幌の露堂を訪ね、翌日まで戻らなかった。沢田が一人で編集作業をしていると、無断で札幌通いを続ける啄木に休暇届を出させるようにと、事務長の小林寅吉が怒鳴り込んで来た。沢田は「行動に干渉するのは越権」と反論して帰宅。そこに啄木が現れて激しい口論になり、小林は啄木を殴りつけた。

沢田の回想記によると、家に帰った啄木は「羽織の紐が結んだまゝ千切れてブラリと吊がり、綻びに袖口から痩せた腕を出して手の甲に擦過傷があり、平常から蒼白の顔を硬張らせて、突き出た額に二つばかり大瘤をこしらへ」ていた。「僕は断然退社する」。怒った啄木は、翌日から会社に出なかった。

―整備に尽力

「事件」から78年後の１９８５年。小林の出身地、福島県会津美里町の法用寺に啄木の歌碑ができた。

敵として憎みし友と
やや長く手をば握りき
わかれといふに

後に養子となり中野姓になった寅吉は衆院議員を6期務め、精力的な言動から「蛮寅」との異名を取った。引退後は古里に戻り、83歳で亡くなるまで法用寺の住職を務めた。

寺の隣に住む孫の中野博忍《ひろのぶ》さん（63）は「寅吉は厳しい人だった。国会議員なので雲の上の人という感じ」と思い出を語る。「小さな子どもにも君、さん付けで呼ぶ。孫の自分も『ひろのぶくん』。ダメなものはダメ、という会津人の気質があった」。祖父が亡くなった時は中学生。啄木についての話は母親から伝え聞いた。「興味のある仕事以外はやらなかった。動きは鈍く、ずる休みもした」などと語ったという。

二つある歌碑は地面に直接置いた石に、表面を磨いて文字を刻んだ石をはめた。「敵として―」の碑は前に立って眺めやすいように傾斜がある。「あらそひて／いたく憎みて別れたる／友をなつかしく思ふ日も来ぬ」の歌は碑面を水平にした。

会津啄木会の栗城好次《くりきこうじ》さん（76）＝会津若松市金川町＝は「内容が似ていて一つに決められず二つになった。水平なのは拓本を取りやすいように」という。「啄木の歌は、自分の思いと同じという親しみがある。地元から出た人を詠んだ歌を残したいという思いが碑になった」と語る。

住職がいなくなった法用寺の碑はコケが生え、木製の説明板は朽ちた。没後１００年の２０１２年５月、会津啄木会が説明板を新設。会の設立と建碑の中心となった事務局長の三留《みとめ》昭男さん（会津若松市）は大学で栗城さんの1年先輩。説明板の整備に力を尽くし、7月に病気で亡くなった。

――生活厳しく

啄木が出社しなくなって９日目の１９０７（明治40）年12月21日。退社広告が小樽日報に載った。だ

拓本を取りやすいように文字の面を水平にした歌碑

豊かな緑に囲まれた法用寺の境内。三重塔の右に見える説明板の横に歌碑がある

啄木が暮らした頃の中央小樽駅（右手前）と小樽市街。中央のやや大きな建物が新築したばかりの小樽日報社（小樽市総合博物館所蔵）

小樽を離れる時の駅の情景を詠んだＪＲ小樽駅前の歌碑＝北海道小樽市

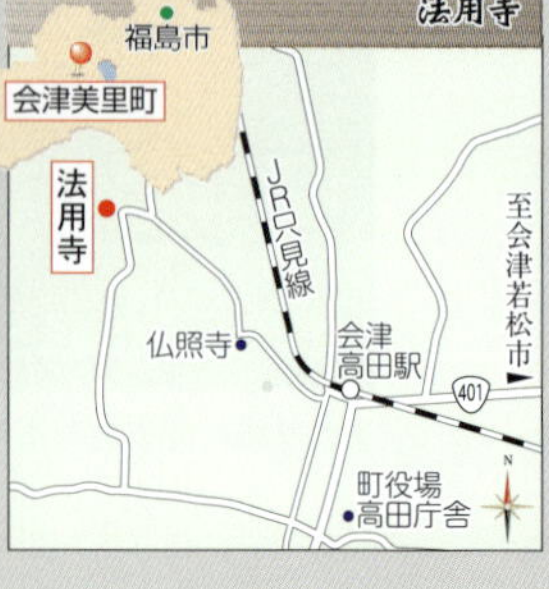

【アクセス】

法用寺はJR只見線会津高田駅から約3.5キロ。自動車で約10分。磐越道会津若松ICから国道118号、401号経由で約18キロ。自動車で約40分。福島県大沼郡会津美里町雀林三番山下3554。

が、あてにした新聞社はできず、他の新聞への就職もうまくいかなかった。仕事のない啄木一家の暮らしは悲惨な状況となり、大みそかに妻節子の帯などを質入れ。正月を迎えても門松もしめ飾りもなく、祝い酒を買う金もないほどだった。

沢田は窮状を見かねて、小樽日報社の白石義郎社長に就職を依頼。白石は社長を兼ねる釧路新聞の拡充を狙い、記者としての力量を認める啄木を送り込むことにした。

1月19日。雪が降る中、啄木は釧路へ旅立った。駅の様子を詠んだ歌はJR小樽駅を見下ろす場所に建つ碑に刻まれた。

子を負ひて
雪の吹き入る停車場に
われ見送りし妻の眉かな

不安そうに夫を見送る節子のまなざし。その日の日記には、啄木の心情がにじみ出ている。「予は何となく小樽を去りたくない様な心地になつた。小樽を去りたくないのではない、家庭を離れたくないのだ」

【余話】

生き生きと事件再現

「天下家なき一風流児が新聞記者らしき生活に入れる最初の紀念なり」。啄木は退社広告が載った後、小樽日報での70日余りに書いた記事から切り抜き帳を作り、序文にこう書いた。ノートに「小樽のかたみ」と標題を付けた。

現在では社会面と呼ばれる三面を主に担当した。「小樽のかたみ」は「石川啄木全集」第八巻（筑摩書房、1979年）に収録。社会事象を追ったいわゆる三面記事が面白い。

「暁方（あけがた）の血塗（ちまみれ）騒（さわぎ）（蕎麦屋の屋台便所と誤らる）」は屋台のそば屋を共同便所と見誤り、用を足した酔っぱらいを小刀で斬りつけた事件。「酒代を強請（ゆすっ）てお目玉」「一家三人の入獄」「女房の雲隠れ」「お嬢様派出所を狙ふ」などの記事は事件を生き生きと再現。啄木の文才の一端を感じさせる。

時には、他の新聞の切り抜きを参考にウラジオストックの世情をまとめた「浦塩特信」のような記事も。「新聞記者とは罪な業なるかな」。その日の日記に啄木は記している。

「啄木の原風景はここと見るのが自然だと思う。ただ東海はやはり日本全体の総称。おらの海だと突っ張る必要はない」。歌や小説の舞台となった大森浜で啄木に思いをはせる桜井健治さん＝北海道函館市日乃出町

第二部　漂泊の旅路⑦

新天地で才能が開花

インタビュー
桜井健治さん（近代文学研究家）

新天地を求めて津軽海峡を渡った啄木。漂泊の旅が始まった函館の132日間は、文学と人生にとって大きな節目となった。啄木に関する著作が多く、函館市文学館の整備にも携わった近代文学研究家の桜井健治さん（北海道函館市）に函館と啄木について聞いた。

―歌集「一握の砂」の冒頭歌は「東海の小島の磯の白砂に／われ泣きぬれて／蟹とたはむる」。この原風景とされる大森浜をはじめ函館と啄木は切っても切れないものがある。

「大森浜は今では遊泳禁止だが、昔は海水浴をしていた。今も水遊びでは身近な場所。啄木の家から大森浜までは遠いが、海は近かった。原風景は論争があるが、ここと見るのが自然だと思う。函館でも啄木と言えば大森浜を連想する人が多い」

「大森浜は当時、砂山があった。僕が小学生のころもござを持って砂滑りに行った。長さ700～800メートル、高さが40～50メートルぐらい。小学3、4年の頃、建設用コンクリートに使われ、瞬く間になくなった。少し盛り上がった小山が残っているだけ。芝生に覆われ砂山の雰囲気はなくなった」

―函館に生まれ育った桜井さん。啄木とどう関わってきたのか。

「高校の放送部で函館の啄木の足跡を追うラジオ番組を作ったのが出合い。大学で日本近代文学を専攻して4年間、啄木を勉強した。函館市役所に入り最初は福祉担当。函館図書館の『啄木を語る会』に論文を貸しているうちに『せっかくだから自分で話してみたら』と。それから新聞や雑誌に依頼されて原稿を書くようになった」

―啄木のどこに興味を持ったのか。

「作品の解釈よりも人物伝的なもの、人間啄木への切り口で文章を書いてきた。ほとんどの人の啄木の評価は、女性にだらしない、金にだらしない、身勝手な男と言われているが、実際にそうなのかと。大学の卒業論文は東京から函館に移された遺骨の問題を取り上げた」

―啄木が函館に来たのは１９０７（明治40）年５月、21歳の時。何を求めていたのか。

「来る前の1年ぐらいはほとんど歌を作れなかった。お父さんの住職復帰やお金の問題もあり、ゆとりがなかった。啄木は東京で２回失敗しており、都落ちにしてもふさわしいところを探していたと思う。当時の函館は東北以北で人口が一番多く、大都市だから働くチャンスがあると甘く見た。僕は緊急避難と見ている」

「函館に来る前に『予は新運命を北海の岸に開拓せんとす。これ予が予てよりの願なり』と日記に書いたが、前から考えていたというのはうそ。自分や他人を納得させるため。だから大火の後、簡単に見切りを付けた」

―函館は、啄木の文学にどんな影響をもたらしたのか。

「文芸雑誌『紅苜蓿《べにまごやし》』があり、同人たちと歌会で競い合った。ここで作歌活動が再燃焼する。雑誌を6、7号と編集したのも励みになった。才能が冬眠から覚めたのは、周りの影響が大きい」

「わずか1週間だが、函館日日新聞の記者をした。『月曜文壇』の欄を自分で作ったので、大火がなければ頑張っていたかもしれない。小樽、釧路などに続くジャーナリストとしてのスタートは函館と言える」

―生活も変化した。

「7月に節子と京子を呼び、1カ月だけ親子水入らずの生活ができた。その後は単身かお母さんが一緒。啄木の人生で親子水入らずは珍しい」

「もう一つは郁雨の存在。啄木に一番多く援助した。釧路から函館に戻った時、東京に行った方がいいと言ってくれた。それがなければ一地方の詩人、歌人で終わった。先見の明があったと思う。彼なくして今に残る啄木は語れない気がする」

―当時の函館は、それだけの力があった。

「北の玄関というより横浜、長崎、神戸、新潟と並ぶ開港５都市の一つ。商人の町として栄え、羽振りも良かった。最近は使わないが、函館の人は内地と奥地という言い方をした。札幌は奥地。目線は東京に向いていた」

「啄木の北海道は函館132日、札幌2週間、小樽115日、釧路76日。足すとほぼ1年。海の歌は函館と釧路しかない。函館も船の着く西側は一切歌っていない。歌碑のある東側の大森浜を歌っている。ここに啄木の意識がある。釧路と大森浜は太平洋に向いていて、古里や中央文壇、憧れの米国につながる。文学者として休んでいけないという思いで、太陽が上がる太平洋を意識したのではないかと僕は考えている」

【さくらい・けんじ】

1947 年函館市生まれ。東海大卒。70 年函館市役所入り、08 年商工観光部長で退職。主な著書に「漂泊者啄木と函館」「国際啄木学会誕生す」、編著書に「函館と啄木」など。日本近代文学会会員、公益財団法人北海道文学館評議員。函館市在住。

【余話】

「考える人間」座像に

大森浜にある啄木の座像は、札幌市生まれの彫刻家本郷新（1905~80 年）の 58 年作品。立待岬を望む海岸線とともに啄木のイメージを強く印象づける。

本郷は「啄木の詩歌の中にある『北』とか『寒い』『貧』とかいう、底を流れている風土や生活の感覚が、じかに肌に感じられるので、作がいいとかよりも先に共感、納得してしまう」と啄木への思いを記した。

「怒ったり、悲しんだり、威張ったり、卑下したり、そして考え、考え、世の中の底へ底へと歩いていった啄木という人間が、面白くてならなかった」。青年期から啄木像を作りたいと思い続けた。立像やカニと戯れる姿も考えたが「考える人間啄木」にたどり着く。「何か抗しつつ、ものを思う」感じを表現した。

本郷は野外彫刻を数多く手掛けた。代表作は「わだつみのこえ」（京都市・立命館大）、「嵐の中の母子像」（広島市・平和記念公園）。啄木像には 72 年、釧路市に建てた立像もある。

いしぶみ散歩④

倶知安駅前公園（北海道倶知安町）

函館大火により職を失った啄木が札幌の北門新報社に校正係として勤めるため、夜汽車に単身乗り込んだのは1907（明治40）年9月13日。小樽に向かう列車が倶知安駅に停車したのは日付が変わり午前1時すぎだった。

「真夜中の／倶知安駅に下りゆきし／女の鬢《びん》の古き痍《きず》あと」は、歌集「一握の砂」に収録。開墾から15年ほどの町には、まだ電灯がなかった。鬢は頭の側面の耳より前の髪。その付近に傷痕のある女は、実際に見たのか北に向かう啄木の心象風景かは定かでない。

1994年8月、北海道倶知安町のJR倶知安駅東側の駅前公園に建立。歌碑建立期成会が翌年、倶知安啄木会（脇山忠会長）となり、顕彰活動に取り組んでいる。

真夜中に停車した倶知安駅の情景を詠んだ駅前公園の歌碑

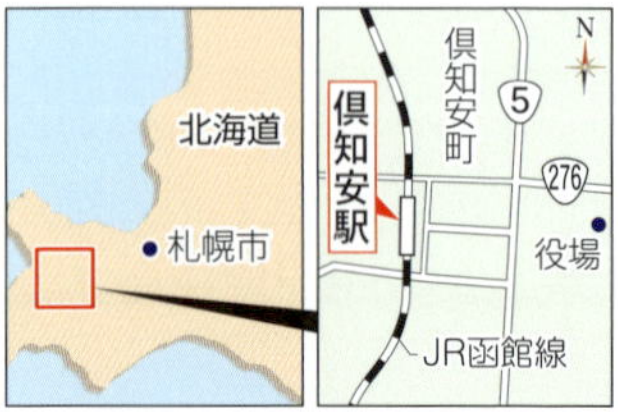

旭ケ丘総合公園（北海道倶知安町）

倶知安町で二つ目の啄木歌碑は、倶知安駅西側に広がる旭ケ丘総合公園中央広場に１９９８年10月に作られた。蝦夷富士の別名を持つ羊蹄山に向かって建っている。

旭ケ丘総合公園の歌碑には、倶知安町特産のジャガイモが登場する歌を刻んだ

「馬鈴薯《ばれいしょ》の花咲く頃と／なれりけり／君もこの花を好きたまふらむ」の歌の「君」は函館・弥生尋常小学校の同僚教員の橘智恵子。「一握の砂」で智恵子への思いを詠んだ歌を集めた「忘れがたき人人二」22首の一つ。

倶知安町は道内有数のジャガイモ産地。盆地のため寒暖の差が大きく甘みが増す。毎年６月から７月にかけて、小さな白い花が畑一面に美しく広がる。

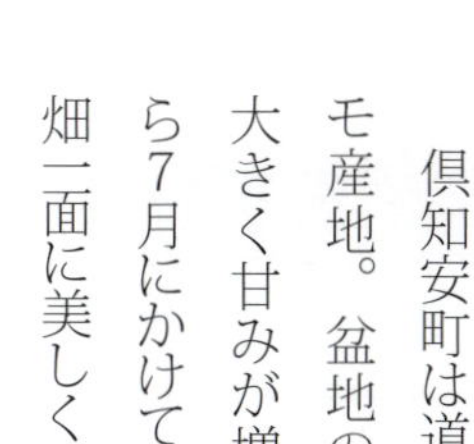

美唄駅東口広場（北海道美唄市）

北海道美唄市のＪＲ美唄駅東口広場の碑は「石狩の美国《びくに》といへる停車場の／柵に乾してありし／赤き布片《きれ》かな」の歌を刻み、２００３年７月に作られた。美唄ロータリークラブの創立30周年記念。石狩に「美国」という地名、駅名はなく、美唄か美瑛の記憶違いとされている。

啄木の日記によると、美唄駅を通ったのは1908（明治41）年1月20日。釧路新聞社で働くため釧路に行く途中だった。当時は岩見沢、旭川を経由する路線しかなかった。姉トラの夫が岩見沢駅長を務めており、啄木は岩見沢と旭川でそれぞれ一泊して釧路に向かった。

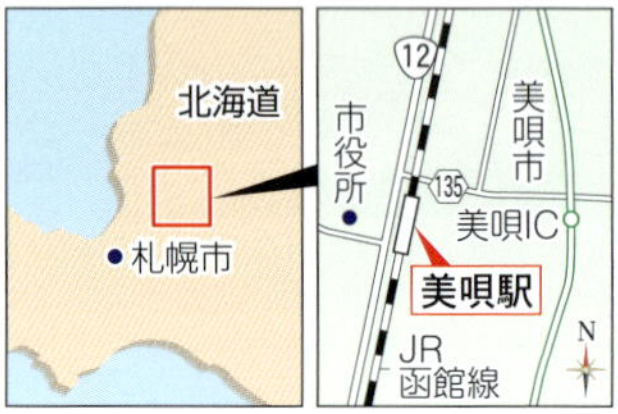

釧路に向かう途中に通過した美唄駅。石狩の停車場を詠んだ歌の碑が東口にある

JR旭川駅（北海道旭川市）

旭川に関わる4首の碑はJR旭川駅（北海道旭川市）の旭川観光物産情報センター内に設置。没後100年の2012年4月13日に除幕した。啄木は1908（明治41）年1月20日、駅前の宮越屋に宿泊。同行の白石義郎は道議会議員で小樽日報、釧路新聞の社長を兼ね、この年衆院議員となる。

「名のみ知りて縁もゆかりもなき土地の／宿屋安け

車窓から外を眺める啄木像の台座に4首の銅版をはめ込んだ旭川駅の歌碑

し／我が家のごと」「伴《つれ》なりしかの代議士の／口あける青き寝顔《ねがお》を／かなしと思ひき」「今夜こそ思ふ存分泣いてみむと／泊りし宿屋の／茶のぬるさかな」は宿の様子。旭川出身の造形作家中村園《その》さんが「水蒸気／列車の窓に花のごと凍てしを染むる／あかつきの色」の歌からデザイン。啄木像の台座に歌の銅版をはめた。

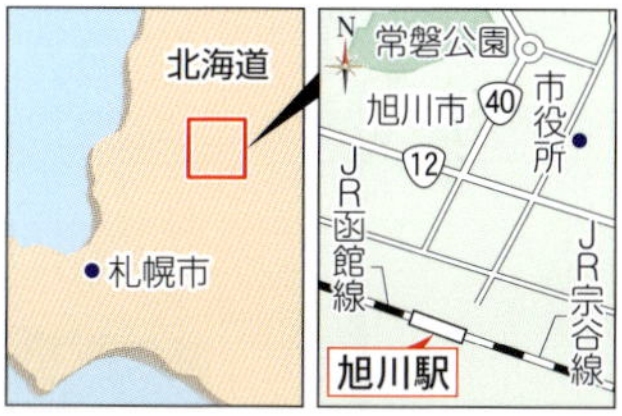

滝川公園（北海道砂川市）

小樽から岩見沢、旭川を経て釧路に向かう啄木は、車窓から厳冬の空知川の景色を眺めた。１９０８（明治41）年１月21日の日記には「程なくして枯林の中から旭日が赤々と上つた。空知川の岸に添うて上る。此辺が所謂最も北海道的な所だ」と書いている。

「空知川雪に埋れて／鳥も見えず／岸辺の林に人ひとりゐき」の歌は、北の大地を漂泊する悲しみが込められた歌の一つ。「一握の砂」に収録。歌碑は１９５０年に滝川歌人会や滝川文化協会が建てた。橋の工事に伴って、空知川左岸にある砂川市空知太の滝川公園内に移された。

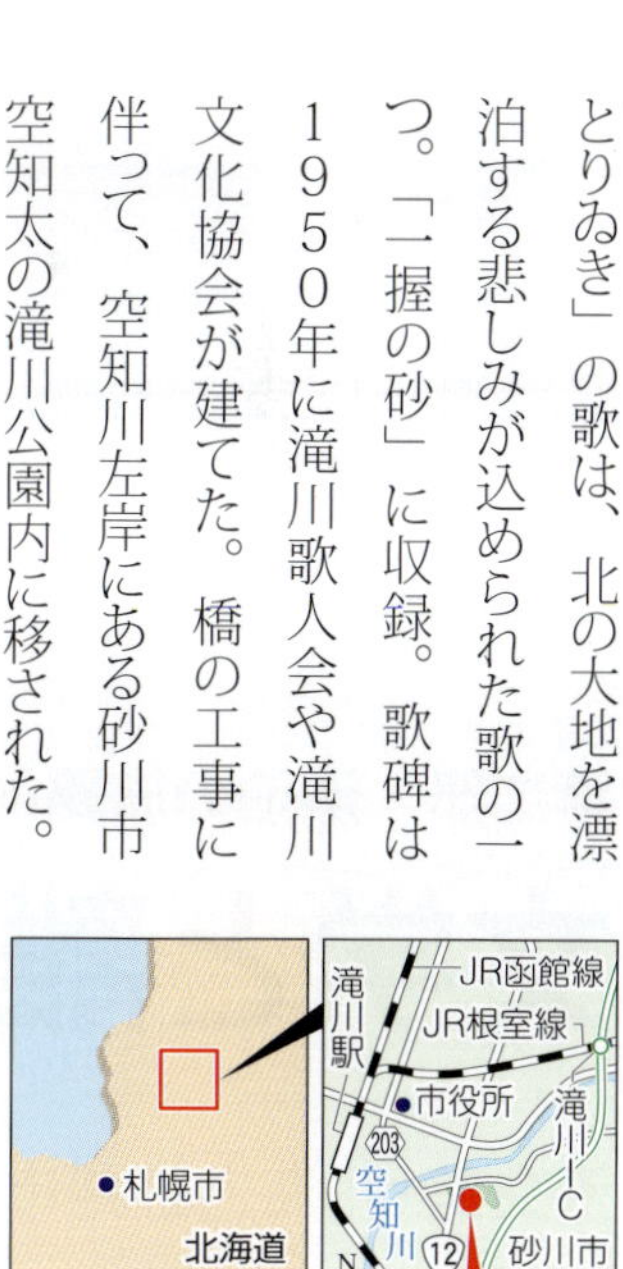

悲しげな真冬の景色を歌にした滝川公園の石碑

釧路川沿いに建つ歌碑と啄木のブロンズ像。釧路に降り立った夜の情景を詠んでいる＝北海道釧路市

第二部　漂泊の旅路⑧

文学と離れ心に隙間

港文館（北海道釧路市）

さいはての駅に下り立ち
雪あかり
さびしき町にあゆみ入りにき

1908（明治41）年1月21日の夜。北海道の大地を横断し、啄木は釧路の町外れにある駅に降り立った。当時は人口1万5千余りの小さな町だった。釧路までの鉄道は前年9月に開通し、東端の終着駅だった。

啄木は釧路新聞社の佐藤国司ら出迎えの人々とともに釧路川に掛かる幣舞《ぬさまい》橋を渡り、宿泊先の佐藤の家まで1キロ余りを歩いた。

歌集「一握の砂」に収めた釧路の歌は32首。この夜の情景を詠んだ歌から始まる。

さいはての駅に下り立ち
雪あかり
さびしき町にあゆみ入りにき

駅のあった場所に歌碑と啄木のブロンズ像ができたのは1972年10月。釧路市内で当時、3番目の碑となった。像は札幌市出身の彫刻家本郷新（1905〜80年）の作。マント姿の啄木は肩をいからせ、どこかやりきれない表情を浮かべている。

93年、幣舞橋に近い釧路川沿いに釧路新聞社の建物を一部復元。「港文館」と名付けられたレンガ造りの建物の隣に歌碑と像が移転された。

――料亭に通う

釧路新聞社は啄木が着く前日、レンガ造りの洋風2階建ての新社屋が完成した。2階に編集室があり、編集担当は主筆から校正まで5人。三面主任の啄木は記者や雑誌編集の経験を生かし、紙面全体を実質的に取り仕切る。

着任早々、紙面の体裁を変えると、喜んだ社長の白石義郎が啄木に銀時計と5円を贈った。「大木頭」の筆名で国政や外交を論じた連載「雲間寸観」などを執筆し、文芸欄「釧路詞壇」も新設した。

家族を小樽に残して来た啄木は、料亭に出入りするようになった。花柳界の動向を伝える「紅筆《べにふで》便り」を連載する。小さな町の芸妓《げいぎ》は有名人で、軽妙な文章が現在の芸能情報のように人々の興味を引いた。

啄木は、職場から300メートルほど離れた下宿2階の八畳間で生活した。この年の釧路は記録的な寒さ。氷点下20度を下回ることもあった。「よい部屋ではあるが、火鉢一つを抱いての寒さは、何とも云へぬ」「机の下に火を入れなくては、筆が氷つて何も書けぬ」。日記から冬の厳しい暮らしぶりが伝わる。

2月下旬、冬季の鉄道事情を視察する商工関係者や新聞記者らの視察団が釧路に立ち寄った。一行には啄木の釧路行きに奔走した小樽日報の同僚沢田天峯（本名・信太郎）がいた。二人は啄木の下宿で枕を並べ、近況を語り合った。沢田は本一冊ない殺風景な部屋の様子を回想記に残している。

順調な仕事と、料亭に出入りする華やかな暮らしの一方、文学からは離れていった啄木。やりきれない思いを日記に記した。「新聞の為には随分尽して居るものの、本を手にした事は一度もない（中略）生れて初めて、酒に親しむ事だけは覚えた。盃二つで赤くなつた自分が、僅か四十日の間に一人前飲める程になつた。芸者といふ者に近づいて見たのも生れて以来此釧路が初めてだ。之を思ふと、何といふ事はなく心に淋しい影がさす」

――市民に愛着

わずか76日間の滞在だったが、啄木は現在、釧路の街で市民に親しまれている。下宿や職場があった

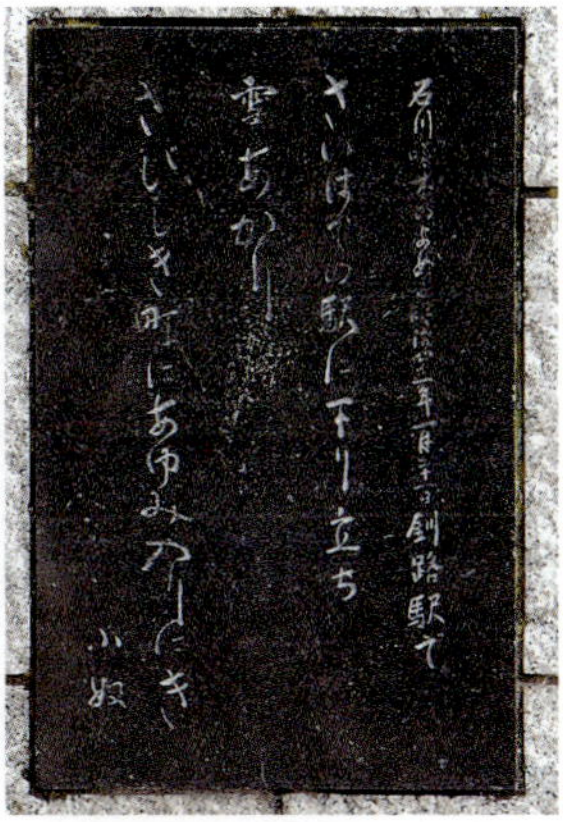

釧路川沿いに建つ歌碑の文字

啄木がいた当時の釧路新聞社を再現した港文館。2階は啄木の足跡を紹介する展示室になっている

釧路新聞社前で記念撮影する鉄道視察団の一行。啄木は最後列の玄関前左寄りで中折れ帽子をかぶっている＝1908（明治41）年2月21日（釧路市立釧路図書館所蔵）

「他の地域にはできないことなので地味でも続けていきたい」と街路灯のフラッグやスタンプ帳などの活動を続ける啄木通り商店会の岡本義幸さん＝釧路市

啄木の肖像が描かれた「たくぼく循環線」の路線バス。停留所も啄木ゆかりの名前が使われている

【アクセス】

港文館は、JR 釧路駅から約 1.5 キロ。徒歩約 20 分。くしろバスたくぼく循環線「小奴の碑」停留所下車、徒歩で約 3 分。開館時間は午前 10 時から午後 6 時（11~4 月は午後 5 時まで）。入館無料。釧路市大町 2 の 1 の 12。電話 0154・42・5584。

南大通りは「啄木通り商店会」となり、くしろバス（本社釧路市）は、ゆかりの地を通るバス路線を「たくぼく循環線」と名付けた。啄木の肖像が描かれたバスが市内を走っている。啄木の文学碑は市内に28基。古里渋民のある盛岡市に次いで多い。

啄木通り商店会は、97年に釧路市で国際啄木学会の大会が開かれたのを機に南大通り商店会から改称。「啄木が暮らした地域へのこだわり」と会長の岡本義幸さん（74）は説明する。「釧路の人たちの啄木のイメージは10人中9人は『変わった人』。地元に熱心な研究者がいて変わってきた。短い人生であれだけの歌を作ったのは才能だと今は思う」という。啄木をあしらった旗を街路灯に飾り、イメージ向上につなげている。

8年前からは啄木が釧路に来た1月21日にイベントを開催。約300個のキャンドルをともし、啄木と芸妓の小奴にふんした男女が南大通りを歩く。釧路時代の啄木をしのぶイベントは冬の風物詩となっている。

【余話】

文士劇に二役で出演

啄木は釧路新聞社時代、新築した社屋の落成式の準備委員長を務め、社屋の装飾や余興の福引を担当。文士劇にも出演するなど本業以外に多彩な活動を見せた。

文士劇は、釧路の競合紙「北東新報」と合同で2月16日の夜、釧路座で上演した。新聞社を舞台にした『無冠の帝王』一名『新聞社探訪の内幕』という3幕の創作劇。啄木は1幕と3幕で新聞社主任記者、2幕は山師の子分の二役。おしろいを顔に少し塗り、眉を描いて舞台に立った。当日に稽古しただけだったが上出来だったと、啄木は日記に書き残している。

釧路新聞社の白石義郎社長は小樽日報社の社長を兼ねていた。当時は道議会議員で次期衆院選に立候補する予定だった。啄木を釧路に送り込んだのは、自分の経営する新聞の発行部数を増やすことで選挙戦を有利にしようという狙いもあった。啄木は、紙面刷新のほかに北東新報記者の引き抜きも画策。それが料亭通いの増える一因にもなったのだろう。

厳しい冬の海を詠んだ啄木の歌碑。全国4カ所目となった碑のある米町公園からは市街を一望できる
＝北海道釧路市

第二部　漂泊の旅路⑨

交友を重ねた地 後に

米町公園（北海道釧路市）

しらしらと氷かがやき
千鳥なく
釧路の海の冬の月かな

「さいはての地」釧路へ単身移り住んだ啄木は、友のいない冬の北海道で、酒に親しむようになった。初めて料亭に行ったのは釧路に着いて4日目の1月24日。啄木の歓迎会と仕事の打ち合わせを兼ねた宴席だった。釧路で第一級の料亭だった喜望楼で、啄木は芸妓《げいぎ》を知った。

2月に入ると、啄木は同僚や記者仲間と連れ立って毎日のように料亭に通い出す。酒の強くない啄木は芸妓との会話を楽しんだのだろう。紙面には「紅筆《べにふで》便り」を連載。花柳界の動向や芸妓の身の上などを軽妙につづっている。

この頃の日記に多く登場するのは喜望楼の小静や鹿嶋屋の市子、鶴寅《しゃもとら》の小奴《こやっこ》、ぽんた、小蝶ら。小静は喜望楼10人のうち「芸にかけては小静の右に出るものなく、又顔から云つても助六の次」という芸達者。「釧路でも名の売れた愛嬌者で、年は花の蕾の十七だといふ」人気者の市子を「市ちゃん」と呼んでかわいがった。

「今迄見たうちで一番活潑な気持のよい女」というのは17歳の小奴。2月21日から日記に登場する。二人はすぐに親しくなり、手紙をやりとりし、互いの家を訪ねる。啄木は他の芸妓とともに、かるた会に行ったり、胃痛で休んだ小奴を見舞っている。

――海辺に2人

料亭が建ち並ぶ米町《よねまち》周辺は釧路川河口の海岸に近く、釧路の町が最初に形づくられた場所。海を見下ろす米町公園に1934年、釧路で最初の啄木歌碑が建てられた。生誕50年を記念する碑は、晩年の友人土岐善麿《ぜんまろ》が歌を選び、北海道帝国大（現・北海道大）の初代総長を務めた花巻市生まれの佐藤昌介（1856〜1939年）の筆による。

しらしらと氷かがやき
千鳥なく
釧路の海の冬の月かな

かつては碑のある高台のすぐ下が海岸だった。3月のある夜、料亭を出た啄木と小奴は月明かりの海辺を歩いた。小舟のへりにもたれ、小奴は身の上を語り始めた。

「月の影に波の音。噫忘られぬ港の景色ではあつた。〝妹になれ〟と自分は云つた。〝なります〟と小奴は無造作に答へた。〝何日までも忘れないで頂戴。何処かへ行く時は屹度前以て知らして頂戴、ネ〟と云つて舷を離れた」。啄木は小説の一場面のような文章を日記に残している。

小奴は後に釧路で母親の経営する旅館を継ぎ、おかみになった。釧路市南大通3丁目の旅館があった場所には、啄木の歌3首とともに二人の交友を紹介する碑が建っている。

小奴といひし女の
やはらかき
耳朶《みみたぼ》なども忘れがたかり

啄木の周辺には多くの女性が出入りしていた。啄木が「三尺ハイカラ」とあだ名を付けた小菅まさえは新聞社を訪ねたり、知人の梅川操に手紙を託して啄木の予定を尋ねたりした。その梅川も下宿に出入りするようになる。「年は二十四、背の高くない（中略）お転婆の、男を男と思はぬ程のハシヤイダ女である」。かるた会を開いたり、海岸を歩いたりするうちに、啄木の下宿で小奴と梅川が鉢合わせする事態も招いた。

啄木が訪れた当時の本堂の模型や木製かるたを紹介している本行寺の資料館。独力で資料を集めた先々代の熱意を語る菅原顯史さん＝北海道釧路市

米町方向から見た明治 40 年代の真砂町（現在の南大通付近）の街並み＝釧路市立釧路図書館所蔵

小奴が経営した旅館跡にある碑。さいはての地で人生の悲しみを共有する二人の思いが刻まれている＝北海道釧路市

【アクセス】

米町公園は、JR釧路駅から約2.5キロ。徒歩で約20分。路線バスで「米町公園」停留所下車。釧路市米町1の2。本行寺は米町公園から徒歩で約3分。路線バスで「米町1丁目」停留所下車。釧路市弥生2の11の22。啄木資料館の見学は予約が必要。電話0154・41・5329。

――野心消えず

啄木が、かるたを楽しんだ場所の一つに同市弥生2丁目の本行寺《ほんぎょうじ》（菅原顕史《あきふみ》住職）がある。地元では「歌留多寺《かるたでら》」と呼ばれ、先々代の菅原弌也《いちや》住職の時代に梅川がモデルとされる歌の碑ができた。１９８４年に「くしろ啄木一人百首」を作り、かるた会も開いた。86年には釧路で最初となる啄木の「資料館」を開設。個人で集めた資料や啄木が通った頃の本堂を再現した模型などを展示し、多くの愛好者が訪れている。

文学から離れていた啄木だが、東京で名を成すという野心は消えていなかった。職場では「頭の古い」主筆への不満を募らせ、女性たちとの関係が複雑になるにつれて、上京を考えるようになる。「自分が釧路を去るべき機会は、意外に近よつて居る様な気がする」。3月下旬には「不平病」と称して会社を休み出す。

１９０８（明治41）年4月5日。宮古、函館を経由して新潟へ行く酒田川丸に乗った啄木は、逃げるように釧路を去った。

【余話】

詳細記す「借金メモ」

釧路時代の啄木は、経済的には比較的恵まれていたにもかかわらず、多額の借金を残して旅立った。

函館の友人宮崎郁雨の著書「函館の砂―啄木の歌と私と―」には函館図書館（当時）啄木文庫所蔵のいわゆる「借金メモ」が載っている。

東京時代に書いたメモによると、渋民や盛岡、北海道、東京などでの借金は計1372円50銭に上る。釧路では下宿に50円、料亭では鹿嶋屋22円、鶤寅12円、喜望楼7円など。小奴にも25円の借金があり、釧路での借金は計170円になる。

岩城之徳著「啄木評伝」に詳細な分析がある。釧路新聞社からの月給は25円。当時の日記から推測すると、競合紙対策などの名目での郁雨から引き出した50円などを加えて、釧路76日間の収入は173円。小樽の家族に送った34円を引いてもかなりの額が残るはずだが、収入とほぼ同額の借金を釧路に残した。郁雨が「啄木半生の縮図」と表現したように経済観念のなさを浮き彫りにしている。

宮古に寄港した様子をつづった日記を刻んだ記念碑。「最後に寄ったのが宮古というのは好きな人にとってはうれしい」と語る川目英雄さん＝岩手県宮古市

第二部　漂泊の旅路⑩

岩手と「永遠」の別れ

光岸地（岩手県宮古市）

上京の費用を工面するために釧路から函館に向かう啄木を乗せた船は途中、宮古に立ち寄った。1908（明治41）年4月6日。11カ月ぶりに見る岩手の風景は春の気配が漂っていた。

船を下りたのは現在の鍬ケ崎。まず銭湯に向かい、30時間を超す旅の疲れを癒やした。真冬のような北海道から来た啄木は、春を感じさせる梅のつぼみに目を止めた。

啄木は、鍬ケ崎の医師道又金吾を訪ねる。釧路で知り合った競合紙「北東新報」の記者で、盛岡生まれの菊池武治が紹介状を書いてくれた。道又は、盛岡中学時代の担任富田小一郎の知人。啄木は道又の家でごちそうになり、中学時代に「山羊《やぎ》」とあだ名を付けて親しんだ恩師の近況を聞いた。

金吾のひ孫に当たる道又元《はじめ》さん（58）＝宮古市鍬ケ崎上町＝は現在も同じ場所で歯科医院を開いている。「あの時の青年がそうだったのかと、後で話していたそうです」。その後に送られてきた啄木の礼状が家にあったと聞いたことがあるという。

——華やかな街

2011年の津波は、少し奥まった場所で高台の上り口にある道又さんの歯科医院1階まで到達した。海までの間にあった建物は土台を残して無くなり、がらんとした景色が広がる。道又さんは「3カ月間、何もできなかった」と被災直後を振り返る。鍬ケ崎の街は一変し、啄木が歩いた当時を感じさせる古い建物も流された。

鍬ケ崎は、江戸時代に東回り航

路の寄港地となり、華やかな街が形づくられた。「料理屋と遊女屋が軒を並べて居る。街上を行くものは大抵白粉を厚く塗つた抜衣紋の女である」。着物の襟を大きく開けた芸妓や遊女が行き来する街の様子を啄木は日記に書き留めた。

啄木の宮古寄港を記念する碑は1979年、市内の文学愛好者らでつくる「宮古港に啄木文学碑を建てる会」（佐藤歌子代表）が同市光岸地《こうがんじ》の宮古漁協ビル前庭に建てた。この日の日記は400字足らず。全文を新聞活字体で刻んだ。

記念碑のある高台は、江戸時代には砲台、明治に入って測候所があった場所。鍬ケ崎一帯を見下ろす碑は、船で宮古に出入りした啄木の軌跡を追うように海の方に向かっている。

「岩手で最後に啄木が足を止めたのが宮古。歌は残っていないが、日記には当時の鍬ケ崎の雰囲気が出ている」。同市佐原3丁目の元中学校教員川目英雄さん（83）は、特別な思いで啄木の日記を受け止める。

――高まる感情

中学時代に啄木の歌と出合った川目さん。市立図書館の読書グループが1950年頃に始めた啄木かるたの読み手を長年務めた。近年は、札幌や小樽で啄木に新聞社の仕事を紹介した宮古出身の新聞記者小国露堂（本名・善平）の展覧会を開催。啄木の宮古寄港100年を記念して鍬ケ崎を歩く催しにも関わり、宮古と啄木の縁を市民に紹介している。

船は7時間ほどの寄港の後、函館に向けて旅立った。啄木が岩手の地に足を踏み入れたのは、これが最後となった。

船は一昼夜かけて函館に着いた。「あはれ火災後初めての函館。なつかしいなつかしい函館」。北海道を転々として函館に戻った感情の高まりは、日記からも伝わってくる。吉野白村（章三）、岩崎白鯨（正）、宮崎郁雨（大四郎）ら文学結社「苜蓿社《ぼくしゅくしゃ》」の友人たちに再会。彼らの家を渡り歩いて杯を重ね、思い出の多い大森浜や函館の街を歩き

啄木が釧路を離れた日を記念し、2012 年 4 月に波止場近くに建てられた碑＝北海道釧路市

宮古に立ち寄った啄木が訪ねた
道又金吾（道又元さん提供）

回った。

「東京病」と言えるほどの啄木の文学への熱意を感じた郁雨は、啄木の家族を一時預かることにする。

「郁雨君の口から持出されたので、異議のあらう訳が無い。家族を函館へ置いて郁雨兄に頼んで、二三ケ月の間、自分は独身のつもりで都門に創作的生活の基礎を築かうというのだ」

啄木は、小樽に残してきた妻節子と長女京子、母カツを迎えに行き、小国露堂と再会。欠勤を続けていた啄木と入れ替わるように釧路新聞社に入社することを聞いた。

函館に戻った一家は、郁雨が用意した家に入る。啄木は郁雨と白鯨、白村と4人でビールを飲みながら函館最後の夜を過ごし、横浜行きの船に乗った。

「石川一　退社を命ず」。4月25日、釧路新聞に社告が載った。22歳の啄木はこの前日、家族の暮らす函館を離れ、創作に専念するため再び上京した。

鍬ケ崎の高台から望む宮古湾と街並み。湾内に出入りする船は画面奥の山の間を行き来する＝宮古市鍬ケ崎上町

【アクセス】

宮古漁協ビルは JR 宮古駅から約 2 キロ、自動車で約 7 分。徒歩で約 25 分。宮古市光岸地 4 の 40。

◎明治41年4月6日付 日記全文

四月六日

起きて見れば、雨が波のしぶきと共に甲板を洗うて居る。灰色の濃霧が眼界を閉ぢて、海は灰色の波を挙げて居る。船は灰色の波にもまれて、木の葉の如く太平洋の中に漂うて居る。

十時頃瓦斯《がす》が晴れた。午后二時十分宮古港に入る。すぐ上陸して入浴、梅の蕾《つぼみ》を見て驚く。梅許りではない、四方の山に松や杉、これは北海道で見られぬ景色だ。菊池君の手紙を先きに届けて置いて道又金吾氏（医師）を訪ふ。御馳走になつたり、富田先生の消息を聞いたりして夕刻辞す。街は古風な、沈んだ、黴《かび》の生えた様［な］空気に充ちて、料理屋と遊女屋が軒を並べて居る。街上を行くものは大抵白粉を厚く塗つた抜衣紋の女である。鎮痛膏を顳顬《こめかみ》に貼つた女の家でウドンを喰ふ。唯二間だけの隣の一間では、十一許りの女の児が三味線を習つて居た。芸者にするかと問へば、〝何になりやんすだかす。〟

夜九時抜錨。同室の鰊取の親方の気焔を聞く。

（筑摩書房刊「石川啄木全集第五巻」、［ ］は編者が脱字を補った）

【余話】

苦労した久々の小説

道又金吾への紹介状を書いた菊池武治と啄木が出会ったのは釧路を去る直前の3月20日。年齢は40歳。恐ろしいばかりのひげ面。盗賊のような風貌という印象を日記に残している。

啄木は上京後、すぐ小説に取り組む。最初に手掛けたのは菊池武治をモデルにした「菊池君」。主人公は釧路の新聞記者で「菊池兼治」と名付けた。

原稿用紙40枚ほどの予定だったが、途中から釧路時代の下宿のお手伝いをモデルにした人物を登場させるなど内容は変化。100枚以上に長くなる見込みから執筆を中断し、別の小説を書き始めた。

久々に取り組んだ小説に啄木はとても苦労した。書き出した日の日記には「書いてる内にいろいろと心が迷つて、立つては広くもない室の中を幾十回となく廻つた。消しては書き直し、書き直しては消し、遂々スツカリ書きかへて了つた。自分の頭は、まだまだ実際を写すには余りに空想に漲つて居る」と、その様子を詳しく記している。

啄木が寄港した荻浜の歌碑の前で津波が到達した高さを示す南條範男さん＝宮城県石巻市

第二部　漂泊の旅路⑪

上京途中 短い春体感

荻浜（宮城県石巻市）

港町
とろろと鳴きて輪を描く鳶を圧せる
潮ぐもりかな

「飄泊の一年間、モ一度東京へ行つて、自分の文学的運命を極度まで試験せねばならぬといふのが其最後の結論であつた」

古里を離れ、北海道に渡って1年後。啄木は文学に専念することを決意し、友人の援助を受けて函館から横浜に向かう船に乗った。

宮古沖を通過し翌朝、宮城県の牡鹿半島にある荻浜《おぎのはま》に寄港。「大森といふ旅店」で食事し、ツバキの花とウグイスの鳴き声に短い春を感じ取った。

荻浜は、明治初期に函館と横浜を結ぶ航路の寄港地となった。1891（明治24）年に上野―青森間の鉄道が全線開通。交通の主力が鉄路に移るまで宮城県最大の港としてにぎわいを見せた。最盛期は十数軒の旅館があった。啄木は5時間の寄港の間、家が立ち並ぶ狭い町を歩き、社のある山に登って入口に島のある美しい港を眺めた。

港町
とろろと鳴きて輪を描く鳶を圧せる
潮ぐもりかな

石巻市荻浜の羽山媛《はやまひめ》神社鳥居横にある歌碑は啄木生誕90年の1976年、仙台啄木会と地元住民が建てた。寄港の4月26日に合わせて除幕。空を舞うトビを抑え付けるように重く立ちこめる潮曇りは、春の荻浜の景色に似ているという。

碑文は啄木の直筆文字。上京し

た1908（明治41）年の夏から秋の歌を記したノート「暇ナ時」から拡大した。手直しして歌集「一握の砂」に収めた歌と異なり「鳴き」はひらがな、「ぐもり」は「曇り」と漢字を使っている。

――旅館が倒壊

仙台啄木会は68年、高校教員だった南條範男さん（74）＝仙台市宮城野区安養寺2丁目＝を中心に発足。啄木が寄港したことを知り、荻浜の全世帯にチラシを配って啄木との縁を紹介した。

苦労したのは、資金集めだった。「仙台の人はずっと、啄木はひどい人間だと思っていた」と南條さん。啄木は19歳の時、節子との結婚式のため東京から盛岡に向かう途中、仙台に寄った。母が危篤という妹の手紙をでっち上げて、詩人土井晩翠の夫人八枝に金を借り、旅館の宿代も晩翠に払わせた。「義理堅い仙台人を逆なでするような行為ですよね。中にはそんな啄木を『貧乏でかわいそう』と寄付を出してくれる人もいた」と当時を振り返る。

啄木が立ち寄った荻浜の大森屋旅館は後に山際から海沿いに移転。荻浜唯一の旅館として営業していた。2011年3月の津波は地域一帯をのみ込み、1993年に改築した旅館も倒壊。山際の高台にある歌碑は下半分まで水が押し寄せた。

――河口を一望

旅館とカキ養殖を営んでいた渡辺正己さん（83）、さきよさん（77）夫婦は旅館から徒歩で10分ほど離れた仮設住宅に暮らす。「最初は、荻浜で啄木といっても分からない人が多かった。でも除幕式は200人ぐらい集まり盛大だった」。さきよさんは歌碑を建てた当時を懐かしむ。春と秋には南條さんら仙台啄木会の会員が旅館を訪れ、交流が長く続いた。

震災後も宿泊の問い合わせがあるが、旅館は廃業する予定という。「啄木ゆかりの場所がなくなるのは寂しいですね」と南條さん。創立

啄木が上京途中に立ち寄った荻浜。港の入口に浮かぶ小島の付近に停泊した船から小舟に乗り換えて上陸した

盛岡中学時代に修学旅行で訪れた印象を詠んだ歌を刻んだ日和山公園の碑＝宮城県石巻市

【アクセス】

荻浜は、三陸自動車道石巻港ICから国道45号、国道398号、県道240号、県道2号を経由して約27キロ。自動車で約50分。JR石巻駅から鮎川港行き路線バスで荻浜停留所下車。日和山公園は、JR石巻駅から徒歩で約20分。

当初から会長を務めた仙台啄木会も会員の高齢化などにより2011年5月に解散した。

啄木が石巻を訪れたのは二度目。最初は盛岡中学5年の修学旅行で石巻や松島、仙台を回った。その年、中学を退学し秋に上京。東京で日記に石巻の回想歌2首を記した。

砕けてはまたかへしくる大波のゆくら〳〵に胸おどる洋《うみ》。

石巻市中心部の高台にある日和山《ひよりやま》公園には石巻を訪れた斎藤茂吉、宮沢賢治ら文学者の碑が数多く建っている。石巻の情景を詠んだ啄木の歌碑の場所からは、石巻湾に注ぐ旧北上川の河口周辺を一望できる。津波のがれきが取り除かれ、荒涼とした街が広がっている。

荻浜を出港した船は4月27日夕、横浜に着いた。啄木は翌日、東京・千駄ケ谷の新詩社に与謝野寛、晶子夫妻を訪問。盛岡中学時代の親友金田一京助や与謝野ら知人宅を転々とする。金田一が暮らす菊坂町（現・文京区本郷5丁目）の赤心館に空き部屋ができ、5月4日から下宿。妻子を函館に残し、悲痛な決意で上京した啄木の「創作的生活」は、金田一との同宿から始まった。

【余話】

給仕の女性に好印象

荻浜の大森屋旅館で朝食を取った啄木は、給仕の女性に声を掛けて、名前を尋ねた。「珍らしい程大人しくて愛嬌があつた。戯れに名を聞くと佐藤藤野、年は二十歳だといふ」と日記に書いている。この名前は、上京から1カ月ほどたった時に執筆した小説「二筋の血」に登場する美しい女児の名前に使われている。

村の小学校に盛岡から転校してきた美しい女児が事故で突然亡くなってしまう話は、啄木の幼少時の体験がもとになっている。3日間で原稿用紙33枚を書き上げた小説は、生前発表されなかった。

小説と同じ頃に詠んだ歌「漂泊の人はかぞへぬ風青き越の峠にあひし少女も」（歌稿ノート「暇ナ時」明治41年6月14日）も佐藤藤野がモデルとする解釈がある。「漂泊の人＝啄木」が少女を大切な人として数えたという歌で、「風青き越の峠」は牡鹿半島の風越峠を意味するという。短時間会っただけの女性に対し、啄木が否定的ではない印象を持ったと読み取ることができる。

釧路新聞社を復元した港文館の前で、啄木の釧路時代を「思う通りに生活できた『人生のオアシス』だったと思う」と語る北畠立朴さん＝北海道釧路市

第二部　漂泊の旅路⑫

76日間 充実の日々

インタビュー

北畠立朴さん（釧路啄木会会長）

厳寒の北海道・釧路で新聞記者として2カ月余りを過ごした啄木。充実した記者生活の一方、文学から離れた孤独な暮らしから高級料亭に出入りし、酒に親しむ日々となった。釧路啄木会会長の北畠立朴さんに釧路と啄木について聞いた。

—啄木にとって釧路の76日間はどんなものだったのか。

「26歳2カ月の人生でたった76日だが、一番充実した時だと思う。単身で来ていて、新聞社では編集長と同等に自分の思うように記事を書き、紙面作りもできた。当時では高い給料だが、足りなくて函館の友人宮崎郁雨に金を送ってもらい、平均して2日に1回は高級料亭に行った」

「料亭で酒を飲んで芸妓《げいぎ》さんと話したり楽しんでいるが、僕の調べた範囲では一人では行かない。必ず誰かと行き、芸妓と二人きりにはならないし、一人で最後までいることはなかった」

—仕事は充実したが、文学者としては。

「ほとんど冬眠状態に近い。記者活動に8割、9割の力が入っていて、作品はわずか。投稿を装って『釧路詞壇』にペンネームで書いたものがわずかにある。東京とはかなり離れてしまった感じ」

「東京に行ってからの小説『病院の窓』『菊池君』は、釧路で遊んだことや記者としての経験があったから書けた。なければ生まれなかったと思う。北海道の1年間、特に釧路時代の生き方はそれまでと全く違った。高級料亭でいろんな人に会ったり、芸妓と遊んだことが啄木を人間的に豊かにした」

—文学で身を立てたいと思いながら啄木は北海道を転々とし、釧路で上京を決意した。

「一般の人は行けない料亭に身を置き、自分を見つめ直した。釧路の経験を作品にしたい、小説に書きたいという意識は強かったと思う。小樽や札幌の日記には東京に行こうという思いはあまり見られない。釧路も最初は住みやすい、家族を呼んで暮らしたいと書いているが、やはり人間関係がうまくいかなかった」

「後半は、釧路新聞の同僚との関係もうまくいっていない。そうなるとまた逃げる。目指すところは東京しかなく、一旗揚げたいと、それしか見えてこなかった。こんなところで埋もれる自分じゃない、という意識は持っていたと思いますね」

—釧路市内の啄木文学碑は28基。今は「日本一、啄木を大切にする街」を掲げる。顕彰活動は当初から活発だったのか。

「釧路短歌会が中心になり、1934年に米町公園の碑を建てたのが全国でも戦前最後となった。世の中は社会主義や共産主義はダメだと。戦後は51年の阿寒湖畔の碑が最初にできた。研究では、小学校教員だった石川定《さだむ》さん（故人）が昭和30年代、図書館の会報に連載し、本格的な研究が始まった。その後、公民館長として有名だった丹葉《たんば》節郎さん（同）が熱心に取り組んだ」

「当時、啄木の評判はあまり良くなかった。芸者遊びばかりしているとか、たくさん借金を作ったとか。（72年に港文館前の）像を建てる時も資金が半分しか集まらず、街の名士である丹葉先生が苦労して『俺の保険金で建ててくれ』と言うほど。でも悪口を言われても建てようと頑張った。そうすれば啄木ファンや観光客が来てくれると」

—啄木を大切にするように変わったのはなぜか。

「実際に啄木に金を貸して苦労したという人がいなくなり、そういう感情が薄れた。図書館長などを務めた鳥居省三さん（同）が研究するようになり、僕も伝記的研究をして紹介し、市民の理解が深まった。２００８年の啄木来釧《らいせん》１００年を記念する展覧会には２週間で２千人が訪れた。12年は釧路１泊目の地と離釧の地に碑を建てたが、寄付集めで悪口を言われた人はなかった」

―北畠さんは日記や手紙に残した手がかりをもとに釧路の足取りを丹念に調査した。魅力はどこにあるのか。

「最初は今の半分しか分からなかった。日記に書いてあるように実際に歩いてみる。例えば、雪が積もった時にゲタを履いて料亭に出掛ける啄木の気持ちが分かると実生活の中身が濃くなる。啄木という人間の好き嫌いではなく興味がある。女性関係も謎が多く興味が尽きない。品行方正だったら面白くない」

「若い時は恋をすると啄木のロマンチックな歌を読む。結婚して父親になると、違った目で啄木を見るようになる。啄木の歌に対する愛着心や深まり方は年齢とともに変わってくるところが魅力でしょうね」

【きたばたけ・りゅうぼく】

1941年北海道足寄《あしょろ》町生まれ。足寄高卒。仕事の傍ら啄木研究に携わる。2006年に釧路啄木会を設立し会長。国際啄木学会理事・北海道支部長。主な著書に「釧路時代・啄木をめぐる女性たち」「釧路啄木紀行」など。釧路市在住。

【余話】

啄木資料を多数所蔵

釧路滞在中の啄木は76日間の日記を詳しく残している。現在は下宿や料亭のあった場所に文学碑が建てられ、街を歩きながら啄木の足跡を感じることができる。

当時の釧路新聞社の社屋を復元した赤レンガ造りの港文館（釧路市大町２丁目）は、釧路の街並みや交友のあった人々の写真などの資料を展示。釧路啄木会会長の北畠立朴さんを講師に隔月で啄木講座を開催している。啄木が勤めた頃は１階が事務室と宿直室、２階は編集室と応接室があった。当時は１階奥に印刷工場があった。

市立釧路図書館は釧路新聞を保管しているが、啄木が書いたとみられる記事の多くが切り取られ、読むことができない。啄木関連の文献資料も千点近く収蔵する。

米町公園向かいの米町ふるさと館は釧路で最古の木造住宅。啄木と交友のあった芸妓や料亭に関連する品物を展示している。啄木がかるたをした本行寺の「啄木資料館」には「くしろ啄木一人百首」があり、板に文字を記した札が釧路らしい雰囲気を伝えている。

いしぶみ散歩⑤

阿寒湖畔（北海道釧路市阿寒町）

　アイヌ文化とマリモで有名な釧路市阿寒町の阿寒湖。温泉街の東にある阿寒湖畔エコミュージアムセンターから遊歩道を10分余り歩いた湖畔に歌碑がある。「神のごと／遠く姿をあらはせる／阿寒の山の雪のあけぼの」は歌集「一握の砂」に収録。地元阿寒湖畔の住民が1951年9月に建てた。盛岡中学時代からの啄木の親友で言語学者の金田一京助（1882～1971年）の筆による。

　啄木は釧路を離れる船の上で阿寒の山々を眺めた。「後には雄阿寒雌阿寒の両山、朝日に映えた雪の姿も長く忘られぬであらう」と日記に残している。

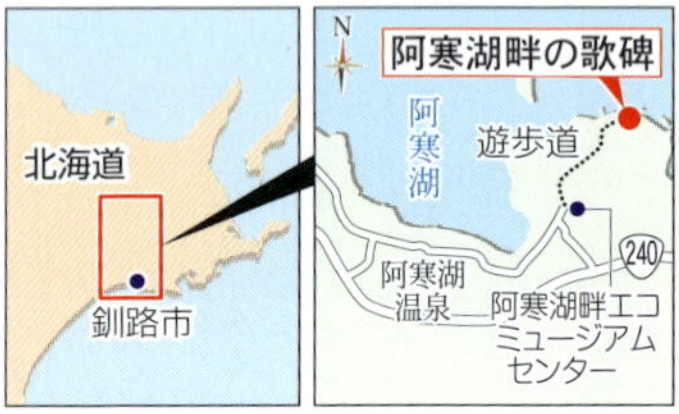

下宿跡（北海道釧路市）

　啄木が一人身を寄せたのは、勤務先の釧路新聞社から西へ300メートルほどの洲崎《すざき》町1丁目（現・釧路市大町5丁目付近）の関サワ方。2階八畳間に火鉢一つの生活だった。「朝起きて見れば夜具の襟真白になり

金田一京助の書を刻んだ阿寒湖畔の歌碑

居り、顔を洗はむとすれば、石鹼箱に手が喰付いて離れぬ事屢々《しばしば》に候」。啄木は金田一京助宛の手紙に記した。

「こほりたるインクの罎《びん》を／火に翳《かざ》し／涙ながれぬともしびの下《もと》」の碑は1983年に釧路観光協会が建てた6基のうちの一つ。釧路駅跡から釧路新聞社跡、料亭喜望楼跡を通り米町公園に至る約3キロの道筋に作られた。

啄木下宿跡の近くに建てられた歌碑

浦見8丁目（北海道釧路市）

釧路市浦見8丁目の銭湯「真砂《まさご》湯」跡の前にある碑は1990～92年に米町周辺再開発と街並み整備に合わせて建てた歌碑10基の一つ。「よりそひて／深夜の雪の中に立つ／女の右手《めて》のあたたかさかな」。親しい芸妓《げいぎ》の一人小奴《こやっこ》と手を取り、夜の浜辺を歩いた思い出を詠んだとされる。

真砂湯は、啄木が花柳界の動向を紹介した釧路新聞

「紅筆便り」に登場する真砂湯の前にある歌碑

の連載「紅筆《べにふで》便り」に登場する。鹿嶋屋の芸妓市子が湯おけがなかったことから男湯に侵入。湯気の中から「こちらに入れ」と声を掛けられて驚き、尻もちを付いて目を回した様子を軽妙な文章で紹介している。

■南大通4丁目（北海道釧路市）

「わが室《へや》に女泣きしを／小説のなかの事かと／おもひ出づる日」と詠んだ出来事は1908（明治41）年3月21日の日記にある。

競合する北東新報の記者を辞めた横山城東と料亭鶴寅《しゃもとら》に行った啄木は、親しい芸妓小奴と3人で帰宅。日付が変わり午前1時、啄木が親しくしていた薬局助手の梅川操がやってきた。「何といふ顔だらう。髪は乱れて、目は吊つて、色は物凄く蒼ざめて、やつれ様ツたらない」という姿。小奴と鉢合わせた梅川の目に涙が光った。

1993、94年に「くしろ歴史の散歩道」の道標として整備。歌を刻んだ道標は釧路市の南大通に4基ある。

啄木の下宿で泣いた梅川操を詠んだ歌碑

釧路市中心部の啄木文学碑

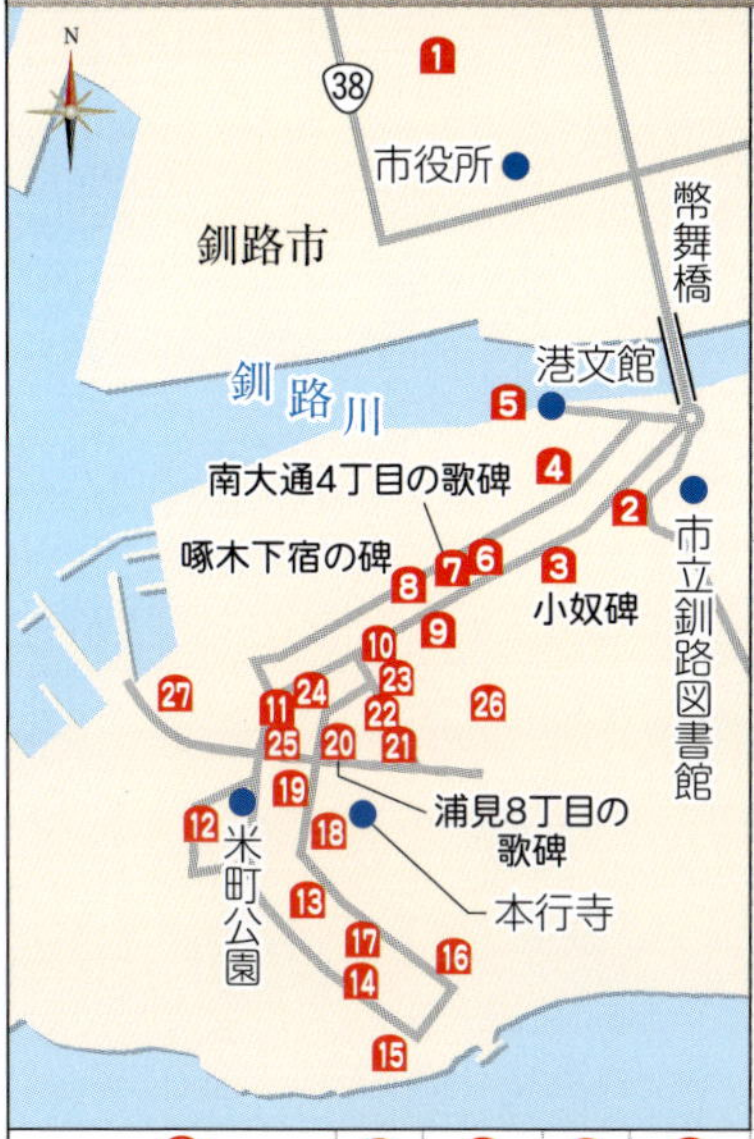

1
浪淘沙
ながくも声をふるはせて
うたふがごとき旅なりしかな

2
北の海鯨追ふ子等大いなる流
氷来るを見ては喜ぶ

3
あはれかの国のはてにて
酒のみき
かなしみの滓を啜るごとくに

小奴といひし女の
やはらかき
耳朶なども忘れがたかり

舞へといへば立ちて舞ひにき
おのづから
悪酒の酔ひにたふるるまでも

4
十年まへに作りしといふ漢詩を
酔へば唱へき
旅に老いし友

5
さいはての駅に下り立ち
雪あかり
さびしき町にあゆみ入りにき

6
神のごと
遠く姿をあらはせる
阿寒の山の雪のあけぼの

7
わが室に女泣きしを
小説のなかの事かと
おもひ出づる日

8
こほりたるインクの罎を
火に翳し
涙ながれぬともしびの下

9
さいはての駅に下り立ち
雪あかり
さびしき町にあゆみ入りにき

10
山に居て海の彼方の潮騒を聞く
としもなく君を思ひぬ

11
三味線の絃のきれしを
火事のごと騒ぐ子ありき
大雪の夜に

12
しらしらと氷かがやき
千鳥なく
釧路の海の冬の月かな

13
春の雨夜の窓ぬらしそぼぬれて君か
来るらむ鳥屋に鳩なく

14
顔とこゑ
それのみ昔に変らざる友にも会ひき
国の果にて

15
さらさらと氷の屑が
波に鳴る
磯の月夜のゆきかへりかな

16
花の下たもとほる子は行きずり
の袖の香りに物言はせけり

17
酒のめば悲しみ一時に湧き来るを
寐て夢みぬを
うれしとはせし

18
一輪の赤き薔薇の花を見て火の
息すなる唇をこそ思へ

19
出しぬけの女の笑ひ
身に沁みき
厨に酒の凍る真夜中

20
よりそひて
深夜の雪の中に立つ
女の右手のあたたかさかな

21
葡萄色の
古き手帳にのこりたる
かの会合の時と処かな

22
火をしたふ虫のごとくに
ともしびの明るき家に
かよひ慣れにき

23
波もなき二月の湾に
白塗の
外国船が低く浮かべり

24
西の空雲間を染めて赤々と氷
れる海に日は落ちにけり

25
あはれかの国のはてにて
酒のみき
かなしみの滓を啜るごとくに

26
釧路第一泊目の地
停車場から十町許り…（略）

27
神のごと
遠く姿をあらはせる
阿寒の山の雪のあけぼの

冬の磯氷れる砂をふみゆけば千
鳥なくなり月落つる時

浪淘沙
ながくも声をふるはせて
うたふがごとき旅なりしかな

第三部

苦闘の果て

最初の新聞連載小説を執筆した蓋平館別荘跡にある旅館太栄館。玄関横に歌碑があり、啄木とのゆかりを紹介している＝東京都文京区

第三部　苦闘の果て①

最初の新聞小説執筆

太栄館（東京都文京区）

函館の友人に家族を任せて単身上京した啄木は「文学的運命」を極度まで試すとの決意を胸に、貧困と苦悩の中で才能を輝かせた。第3部は、病と闘いながら多くの作品を残し、短い生涯を閉じた東京時代の啄木の姿を文学碑とともにたどる。

東海の小島の磯の白砂に
われ泣きぬれて
蟹とたはむる

1908（明治41）年5月。22歳の啄木は3度目の上京を果たし、菊坂町（現・文京区本郷5丁目）の赤心館に引っ越す。下宿には同郷の金田一京助が暮らしていた。金田一は前年に東京帝国大文科大（現・東京大文学部）を卒業し、中学校の教員をしていた。

上京してすぐ、森鷗外（本名・林太郎）の自宅で毎月開かれる歌会に与謝野寛と出席。文壇の重鎮で陸軍軍医総監を務めていた鷗外や、佐佐木信綱、伊藤左千夫（幸次郎）ら歌壇を代表する顔ぶれに初めて会った。

創作生活に入った啄木が最初に書いた小説は釧路時代の記者仲間をモデルにした「菊池君」。続いて「病院の窓」「天鵞絨《ビロウド》」「二筋の血」など短編から中編を執筆する。記者経験のある啄木は、題材を思いつくとすぐ書き上げたが、完成度は高くなかった。鷗外や金田一を通じて出版社に持ち込んだ原稿は、なかなか採用されなかった。

仕事のない啄木の収入は、東京新詩社の短歌添削「金星会」の添削料だけ。与謝野の世話だったが、金額は小遣い程度だった。家族を呼ぶどころか、下宿代すら払えなかった。

生活を支えたのは金田一の収入のみ。苦しい時期を金田一が後に記している。2人はタバコが無くなると、火鉢の中をかき回して吸い殻を見つけ、灰を落として吸った。灰の取り方がいい加減な啄木が灰を吸い込み、あわててはき出した。また、啄木は「冬物の衣類を寝かせておくのは不経済」という理屈をこねて衣類を質入れしたほどだった。

短歌に逃避

啄木は小説の失敗を自覚し、現実の苦悩から逃げるように短歌を作る。６月23日夜から25日にかけて約２５０首を一気に詠んだ。「頭がすつかり歌になつてゐる。何を見ても何を聞いても皆歌だ」。歌集「一握の砂」冒頭歌のもとになった「東海の小島の磯の白砂に我泣きぬれて蟹と戯る」（歌稿ノート）もこの時に作った。

さらに啄木を苦しめたのは下宿代の催促だった。前月分の下宿代を再三請求された啄木は７月27日、金田一に頼ることもできず、家を飛び出す。炎天下に知人宅を訪ね歩き、下宿近くに戻った時、坂を下る電車に飛び込みたくなった。「自分の轢死の記事の新聞に載つた体裁などを目に浮べた」。自分の歌を記した扇から身元が分かると考え、思いとどまったことを日記に書いている。

「石川さん、さあ引っ越しだ」。９月６日、啄木の部屋に来た金田一が声を掛けた。下宿代を少し待ってほしいという初めての頼みを大家に聞き入れられなかった金田一は気分を害し、下宿を移ることを決意。荷車で２回分の蔵書は月給より５円多い40円で売れた。２人の下宿代を清算し、森川町（現・本郷６丁目）の新坂上にある蓋平館《がいへいかん》別荘に移った。

富士山望む

引っ越し先は新築したばかりの３階建て。啄木は下宿代の安い、夜具部屋だった三畳半に入った。西向きで３階の部屋は晴れれば富士山が見えた。

蓋平館別荘は後に経営者が変わり、旅館「太栄館」となった。建物は１９５４年、火災で焼失したが、２階建てで再建。趣のある和風旅館として営業を続けている。本館玄関前の歌碑は55年に建立。金田一の筆による流麗な文字が躍っている。

啄木が暮らした建物の跡に建つ太栄館の別館。雑誌「スバル」の編集に携わった文人たちが春日方面に抜ける新坂を行き来した

木造3階建ての高級下宿だった蓋平館別荘の建物。窓の開いている部屋を啄木が使ったという（盛岡てがみ館提供）

3度目の上京で啄木は金田一京助と同じ下宿で執筆に励んだ。赤心館跡には文京区教委の案内板が建っている＝東京都文京区

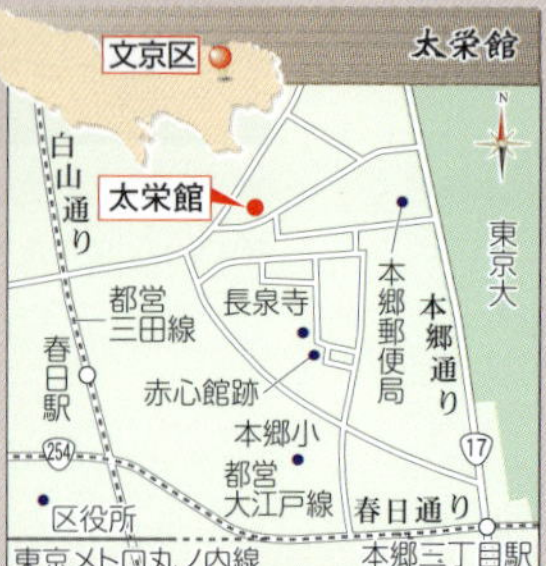

【アクセス】

太栄館は、地下鉄本郷三丁目駅から徒歩約10分、春日駅から徒歩約5分。文京区本郷6の10の12。電話03・3811・6226。

東海の小島の磯の白砂に
われ泣きぬれて
蟹とたはむる

　啄木の部屋の場所には2階建ての別館が建っている。現在の社長小池康夫さん（53）は「子どもの頃に屋根の上の物干し台に上ると富士山が確かに見えた」と思い出を語る。周囲にはマンションなどが増え、街並みは一変した。「小さい頃から啄木ゆかりの宿と聞いて育った。印象に残っている歌は〈たはむれに母を背負ひて／そのあまり軽《かろ》きに泣きて／三歩あゆまず〉。父母が亡くなり年を取ってくるとじんときますね」

　啄木は引っ越しと前後し、新聞社の記者募集に応募し、懸賞小説に短編を送ったが、不調に終わった。10月になると、東京毎日新聞に勤めていた新詩社の友人栗原古城（本名・元吉）が新聞小説の執筆を依頼。古里・渋民の旧家の人々を題材にした「鳥影《ちょうえい》」を11月1日から計59回連載した。11月末に最初の原稿料30円が入ると、啄木は下宿代や借金を払い、金田一と飲みに出かけた。函館の家族に送る金は残らなかった。

　この年、詩人啄木を世に送り出した東京新詩社の機関誌「明星」が11月に100号で終刊。新年に出る後継の雑誌「スバル」は鷗外の指導の下、啄木と吉井勇、平野万里（久保《ひさよし》）が編集することになった。

【余話】

「啄」の字にこだわり

　明治の文豪森鷗外（1862~1922年）の自宅は駒込千駄木町（現・文京区千駄木1丁目）の高台にあり、2階から東京湾が見えたことから「観潮楼」と名付けた。鷗外宅での歌会は1907（明治40）年3月から3年余り、毎月1回開かれ「観潮楼歌会」と呼ばれていた。建物は戦災などで焼失したが、鷗外の生誕150年にあたる2012年11月に森鷗外記念館が開館した。

　蓋平館別荘に移った啄木は、盛岡高等小学校時代の校長だった新渡戸仙岳に転居を知らせた。岩手日報の客員だった仙岳は、啄木に原稿執筆を依頼。蓋平館時代に随筆「空中書」3回と時事評論「日曜通信」3回などを連載した。

　東京毎日新聞の小説「鳥影」の連載開始前日に紙面で予告文を見た啄木は担当の栗原古城に書簡を送った。「啄木の啄は啄に非ず啄に御座候、失礼乍ら校正のお方へ何卒御伝へ被下度願上候」。点の付いている「啄」の文字への強いこだわりがうかがえる。

啄木と山城正忠の友情の証しとして建てられた歌碑。北と南の二人の歌人を結んだ思いをしのぶ真栄里泰山さん（左）と屋部公子さん＝沖縄県那覇市

第三部　苦闘の果て②

友思う心 南国に脈々

真教寺（沖縄県那覇市）

新しき明日の来るを信ずといふ
自分の言葉に
嘘はなけれど——

上京後の啄木は、小説こそが自分の道と信じて作品を書き続けた。ようやく新聞に連載した小説も評判は芳しくなかった。函館に残した家族を呼ぶことができず、焦りと挫折感を歌を詠むことで紛らわせた。与謝野寛、晶子夫妻が暮らす千駄ケ谷の東京新詩社で開かれる歌会にも顔を出していた。

——編集を離れ

沖縄県那覇市西2丁目の真教寺《しんきょうじ》。同じ頃に新詩社に出入りした沖縄出身の歌人山城正忠《せいちゅう》（1884〜1949年）の名を刻んだ啄木の歌碑が境内にある。山城は帰郷後、歯科医の傍ら歌壇を先導し、沖縄に近代短歌の歌風を確立する。

啄木の日記に山城が最初に登場するのは1908（明治41）年7月。新詩社の歌会が開かれた雨の日だった。「山城君は肥つて達磨の様である」。翌月の歌会に来た2歳上の男をこう評した。山城は何度か啄木の下宿を訪ね、歌論を戦わせた。

この年の初め、新詩社は北原白秋（本名・隆吉）、吉井勇ら有力同人7人が一斉に退会。方向性の違いや、作品の流用、誌上での扱いなど寛の独善的な態度に反発した。文学の主流が詩歌から小説に移り変わる中、この退会が打撃となり「明星」は11月発行の100号で終刊を迎える。

後を引き継いだ雑誌「スバル」は森鷗外（林太郎）の指導の下、編集を啄木と吉井、平野万里（久保《ひさよし》）が担当し、翌年1月に創刊した。啄木の発案で翌月から各号の編集を一人ずつ担当し、啄木は2月号で小説を中心に編集。短歌を小さく扱ったことが仲間から反発を受けた。投稿は続けたが、編集からは離れた。

　短歌中心に活動した山城に対しても啄木は冷たい態度を取り、二人は距離を置く。それでも山城の思いは変わらず、啄木が亡くなった直後には追悼文を新聞に寄せた。「その蟠《わだかま》りのない素樸《そぼく》な口の利き振りが軈《やが》て田舎出の私をしてうちとけしむる媒介となつた（中略）君が本郷の下宿にゐるときには度々訪れて君の気焔《きえん》にあてられたものだ」（「沖縄毎日新聞」明治45年4月30日付）。北国生まれの啄木が、南国育ちの山城の心を和ませた。啄木より酒は強かったが、議論はかなわなかったという。

　山城は、没後10年に古里・渋民に最初の歌碑が作られることを知り、5円を贈った。歌を通して親交のあった17歳年下の国吉真哲《しんてつ》さん（1900〜96年）と沖縄にも碑を建てる決意をするが、資金が集まらなかった。

――約束果たす

　国吉さんは戦前から戦後にかけて新聞社などに勤務。定年後、那覇市内に山城の歌碑を作った。77年には真教寺に啄木の歌碑を建て、山城との半世紀前の約束を果たす。建立場所に困った国吉さんは知人の先代住職を頼った。「熱心に頼まれ、おやじが根負けした。本堂を建てたばかりで鐘楼なども造る予定があったので、その時は動かすという約束だった」。住職の田原法順《ほうじゅん》さん（74）は当時を振り返る。

　資金の厳しさは変わらず、台座のブロックを寺が提供したほどだった。「真哲さん一人で建てると思っていたら除幕式に大勢来て驚いた」。その時に沖縄啄木同好会ができ、顕彰活動を続けていた。

新しき明日の来るを信ずといふ
自分の言葉に
嘘はなけれど――

　本堂に向かい左側の塀に沿って建つ

除幕式で撮影された記念写真。歌碑の左で国吉真哲さんが山城正忠の肖像を手にしている＝1977年10月16日（真栄里泰山さん提供）

「明星」終刊号に掲載された同人の肖像写真。啄木（右下）と金田一京助（右上）、山城正忠（左下）が同じページに載った（岩手県立図書館所蔵）

嘆一啄木君

家庭叢談

社告

高嶺朝教岸本賀昌両氏以外の候補者の為めに本社主筆の名義を以て地方に遊説しつゝある者は本社と何等の関係なきを謹告す

四月三十日　沖縄毎日新聞社

島尻郡中頭郡有権者各位

沖縄毎日新聞が掲載した山城正忠の追悼文「噫一啄木君」（沖縄県立図書館所蔵、マイクロフィルムからの複製）

同人たちが集まった千駄ヶ谷時代の東京新詩社跡。現在は駐車場になっていて、標柱が名残をとどめている＝東京都渋谷区千駄ヶ谷１丁目

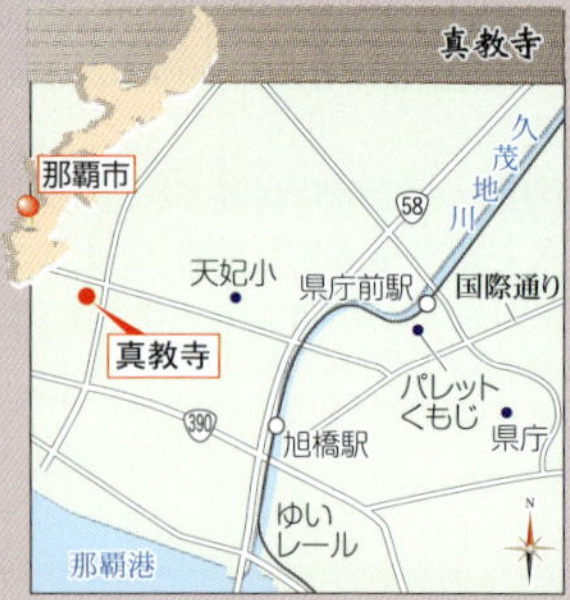

【アクセス】

真教寺は、沖縄都市モノレール「ゆいレール」県庁前駅から約１キロ、徒歩で約 12 分。旭橋駅から約 700 メートル、徒歩で約９分。那覇市西２の５の 21。

碑には「新しい明日」の到来を妨げる時代への不安を逆説的に詠んだ歌。裏面には「山城正忠」「沖縄啄木同好会」の文字が並んで刻まれている。

「正忠と啄木の友情の印です」。除幕式の司会をした元那覇市職員の沖縄大客員教授真栄里《まえざと》泰山さん（68）＝那覇市字安里＝が説明する。学生時代に本土復帰運動に加わった真栄里さん。「沖縄には啄木ファンが多い。東北と沖縄は差別されていたという思いが共通している。啄木のうっ屈した気持ちとみずみずしい感性が青年の心にすっと入った」

同好会の会員だった歌人屋部《やぶ》公子さん（83）＝同市久米2丁目＝は女学校時代、啄木の歌に出合った。「入りやすくて心に訴えるものがある。100年以上も有名というのはすごい魅力があるから。文語的で口語的な歌は、散文詩に近いので現代の人にも親しみやすい」と魅力を語る。

啄木は「スバル」創刊直後、編集作業と小説執筆に忙しい日々を過ごした。しかし、思うように書けない焦りから自己の内面を深く見つめるようになる。

東京朝日新聞で編集長を務めていた同郷の佐藤北江（真一）を頼り、1909（明治42）年3月に校正係として入社。生活の糧を得た啄木に対し、函館の妻節子や母カツから上京を訴える手紙が繰り返し届き、創作と生活の間で苦悩を深める。

【余話】
多くの女性が出入り

創作活動に専念するため、1908（明治41）年単身上京した啄木だが、周囲には多くの女性が出入りした。社交好きな啄木の姿が日記からうかがえる。

釧路新聞の退社広告を見て、東京に来た梅川操に街で再会したのは上京してすぐ。二人で上野を歩き桜を見た。最初の下宿には3年前の新詩社演劇会で知り合った植木貞子が来訪。積極的な貞子と親しくなったが長続きせず、下宿から原稿や日記を持ち出される事件が起きた。

釧路の芸妓（げいぎ）小奴が蓋平館（がいへいかん）別荘を訪ねたのはその年の暮れ。上野、浅草と手をつないで歩き「別れる時キツスした」と日記に残した。翌日、小奴と上京した男性に会った啄木は心を乱された。

橘智恵子ら函館や渋民の知人とは手紙を交換。文通相手には新詩社の短歌添削で指導する大分の菅原芳子、平山良子もいた。ある日、平山から写真が届き「仲々の美人だ！」と驚いたが、実は「良子」と偽っていた良太郎が芸妓の写真を送ったもの。以後は徐々に文通が途絶えた。

啄木が働いた東京朝日新聞の跡地に建つ歌碑。夕方から慌ただしくなる新聞社の情景を詠んだ歌と啄木の肖像を刻んだ＝東京都中央区

第三部　苦闘の果て③

妻節子の家出が転機

東京朝日ビル（東京都中央区）

**京橋の滝山町の
新聞社
灯《ひ》ともる頃のいそがしさかな**

啄木は上京から10カ月後の1909（明治42）年3月1日、東京朝日新聞に校正係として入社する。盛岡出身の編集長、佐藤北江（本名・真一）を頼り、自ら編集した文芸雑誌「スバル」と履歴書を添えて手紙を送った。初対面の北江を職場に訪ねて3分ばかり面談。2週間ほど後に採用の手紙が届いた。

月給25円と夜勤手当が1回1円。希望した月給30円に見合う待遇だった。「これで予の東京生活の基礎が出来た、！　暗き十ケ月の後の今夜のビールはうまかつた」と喜びを日記に書いた。

東京朝日新聞は、大阪を拠点にする朝日新聞が東京の「めざまし新聞」を買収し、1888（明治21）年に創刊。京橋区滝山町（現・中央区銀座6丁目）に赤レンガ造り2階建ての社屋があった。

啄木が入社した頃は首都で最大規模の約10万部を発行。連載小説を担当する非常勤の社員に夏目漱石（金之助）がいた。校正係は5人。啄木以外は年配だった。勤務は午後1時から初版が終わる午後6時ごろ。月に数回の夜勤があった。

――家族呼べず

仕事が決まると、函館の妻節子、母カツから上京したいという手紙が繰り返し届いた。節子は幼い娘京子を抱えながら小学校の代用教員として働き、家計を支えていた。しかし、啄木の下宿は森川町（文京区本郷6丁目）の蓋平館《がいへいかん》別荘の三畳半。入社後10日で給料を前借りする暮らしは家族を呼べる状態ではなかった。家族の生活と創作の両立を重荷に感じていた。

啄木はこの頃、責任から逃れるように浅草に通った。浅草にはパリのエッフェル塔を模した12階建ての凌雲閣があり、東京名所としてにぎわっていた。夜になると「十二階下」と呼ばれる一帯は売春婦が群がり、啄木は快楽を求めてさまよった。

「予は妻を愛してる。愛してるからこそこの日記を読ませたくないのだ、――しかしこれはうそだ！」「予は弱者か？　否、つまりこれは夫婦関係という間違った制度があるために起こるのだ。夫婦！　なんという馬鹿な制度だろう！」

4月になると啄木はローマ字で日記を書き始める。生活の描写は詳しく、自己の内面を深く語り出す。自虐的ともいえる文章で夜の女との交渉も赤裸々に書き記した。

すさんだ生活は家族の上京により終止符を打つ。節子たちは6月7日に函館を出発。盛岡から知らせが届くと、啄木はあわてて弓町（本郷2丁目）の理髪店「喜之床《きのとこ》」の2階二間を借りた。16日朝、上野駅に着いた家族と新居に入った。

家族がそろったのは1年2カ月ぶり。妻節子と母カツの溝が深まっていた。10月2日、節子は京子を連れ、書き置きを残して家出。盛岡の実家に向かった。啄木は親友金田一京助の下宿に駆け込み、救いを求める。「かかあに逃げられあんした」「あれ無しには、私は迚《とて》も生きられない」。うろたえる姿が金田一の回想につづられている。

啄木は手紙を書き、節子に戻るように懇願。盛岡にいる高等小学校時代の恩師新渡戸仙岳や金田一の助けもあり、20日ほどで帰宅した。この家出に啄木は深刻な打撃を受け、文学の転機になった。

――歌壇選者に

校正係の啄木は、俳人でもある社会部長の渋川玄耳《げんじ》（柳次郎）に認められ、入社1年後には署名入りの短歌が紙面に載る。「曇れる日

上京した家族と啄木が暮らした弓町の「喜之床」。左の白い建物の２階で多くの作品が生まれた（盛岡てがみ館提供）

啄木にちなんだキツツキをあしらった歌碑の裏面

校正係の啄木が夜勤の帰りに歩いた切通坂。「二晩おきに、／夜の一時頃に切通の坂を上りしも――／勤めなればかな。」。湯島天満宮北側に歌碑がある＝東京都文京区湯島３丁目

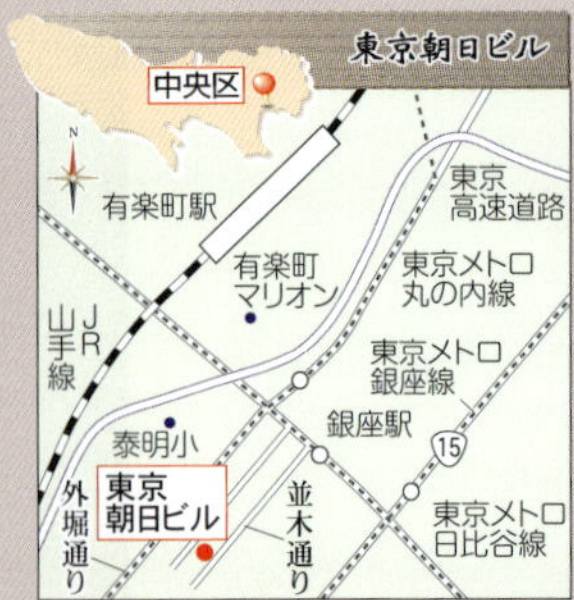

【アクセス】

東京朝日ビルは、東京メトロ日比谷線銀座駅から約 300 メートル、徒歩で約４分。JR 有楽町駅から約 600 メートル、徒歩で約７分。東京都中央区銀座６の６の７。

のうた」「眠る前の歌」などの題で職場の様子も詠んだ。

京橋の滝山町の新聞社灯ともる頃のいそがしさかな

東京朝日新聞があった場所に歌碑ができたのは1973年。裏側は筆名のキツツキ（啄木鳥）が木に止まった姿の像になっている。現在は、朝日新聞社の関連会社が管理する東京朝日ビルが建っている。

1910（明治43）年9月。啄木の歌を評価する渋川は「朝日歌壇」を復活させ、歌人としては無名の啄木に選者を任せる。投稿が足りない時は自分の作品で補う条件だったという。腹膜炎による入院で中断する翌年2月28日まで選者を務めた。

啄木は、渋川の助言で歌集をまとめ、出版社と契約。原稿料の半分10円を受け取った10月4日に長男が誕生する。北江の本名から「真一」と名付けた子は23日後、この世を去る。

12月に出版した最初の歌集「一握の砂」は、亡き子への哀悼歌8首を末尾に加えた。歌集を締めくくるのは「かなしくも／夜明くるまでは残りゐぬ／息きれし児《こ》の肌のぬくもり」という悲痛な歌。啄木一家を襲う病という不幸を暗示するようでもある。

【余話】

啄木の才能見いだす

佐藤北江（1869~1914年）は旧盛岡藩士の子弟として盛岡で生まれた。旧制盛岡中学の前身、岩手中学の1回生として入学したが体が弱く中退。北上川にちなんだ「北江狂士」の号で新聞に寄稿するようになった。巌手新聞（現・岩手日報）などを経て「めざまし新聞」へ。買収後の東京朝日新聞で編集長を27年間務めた。

啄木は初対面の印象を「中背の、色の白い、肥つた、ビール色の髯をはやした武骨な人だつた」と記した。入社10日後に給料を前借りしようとした啄木に自腹で25円を貸すなど最後まで面倒を見続けた。啄木の葬儀も北江が取り仕切った。

歌の才能を見いだした渋川玄耳（1872~1926年）は「陳腐なものばかり載る」と朝日の歌壇を廃止。名のある歌人からの選者の申し出を断り続けたが、啄木の歌の新鮮さに引かれた。歌集「一握の砂」には藪野椋十の別号で「種も仕掛も無い誰にも承知の出来る歌も亦当節新発明に為つて居たかと、くれぐれも感心仕る」と軽妙な序文を寄せた。

東京の「北の玄関口」JR 上野駅にある歌碑は都会から古里を思う心情を詠んだ。東北本線が発着する 15 番線の終端に建っている

第三部　苦闘の果て④

命の尽きるまで創作

JR上野駅（東京都台東区）

ふるさとの訛《なまり》なつかし
停車場の人ごみの中に
そを聴きにゆく

1910（明治43）年12月に出版した歌集「一握の砂」は上京後2年余りの約千首から551首を選んだ。啄木は、経済的な支援を受けた同郷の金田一京助と、函館の宮崎郁雨（本名・大四郎）に初の歌集をささげた。

歌集は「我を愛する歌」「煙」（一、二）「秋風のこころよさに」「忘れがたき人人」（一、二）「手套《てぶくろ》を脱ぐ時」の5章。自分自身の内面を見つめる章に始まり、盛岡の少年時代と古里の渋民を回想する。2年前の秋に作った歌を集めた章を挟み、北海道時代の回想歌、自分を含む都市生活者の姿を詠んだ歌で終わる。望郷、漂泊、孤独、家族、仕事—。生活に密着した思いを平易な言葉に乗せた歌は、今も多くの人に愛されている。

ふるさとの訛なつかし
停車場の人ごみの中に
そを聴きにゆく

渋民を回想する「煙二」の冒頭歌は、北へ向かう列車の始発駅、上野停車場（現・JR上野駅）が舞台。帰ることのできない古里への思いを歌った。

東京北ロータリークラブが創立30周年を記念し、東京都台東区上野7丁目の上野駅に歌碑を贈ったのは1985年3月。東北新幹線の上野乗り入れを祝った。円形の碑は大連絡橋広場から15番線終端付近のホームに移設。東北本線の発着を見守るように建っている。

同じ歌の碑は上野駅前にもう一つ

ある。広小路口南側の横断歩道を渡り、上野駅前商店街の入口付近。上野乗り入れ1周年に合わせて、地元の商店街振興組合が建てた。金田一の長男で国語学者の金田一春彦さん（1913〜2004年）の書を刻んだ。

建立に携わった橋本明さん（76）は「新幹線乗り入れに合わせて商店街の舗道を整備した。駅真ん前の商店街として何かしなくてはと歌碑を建てた」と振り返る。上野駅前一番街商店会会長の飯島敏治さん（60）は、幼い頃に見た昭和30年代の上野駅の光景を思い出す。「年末になると古里に帰る人のために駅前にテントができた。アメ横で買った土産を手に夜行列車を待つ人でいっぱいになった」

――体調を崩す

歌集を出した年の啄木はよく働いた。東京朝日新聞で校正係をしながら二葉亭四迷（長谷川辰之助）の全集を編集。自分の歌集もまとめた。「ホントに一日寝てみたいものだ」。郁雨への手紙でこぼすほどの忙しさだった。年が明けると、1月半ばから腹が膨らみ出し、2月に入院する。腹にたまった大量の水を抜き、38度から40度を超す熱が出る状態が続いた。3月中旬には熱が下がり退院。しかし、完治には遠く、職場に戻ることはできなかった。妻節子が毎月初めに会社に行き、給料を前借りする生活に陥った。

夏には節子も体調を崩し、伝染する可能性のある肺の病気と診断される。一家は間借りしていた理髪店「喜之床《きのとこ》」の2階を出て小石川区久堅町《ひさかたちょう》（現・文京区小石川5丁目）の一軒家を借りる。この頃、節子との離縁騒ぎなどがもとになり、節子の実家堀合家、親友の郁雨と相次いで絶交。経済的な支援を失い、生活は一層苦しくなる。

そうした状況でも啄木は病床で詩や短歌を作り続けた。詩稿ノート「呼子《よぶこ》と口笛」や、歌集「悲しき玩具」として没後刊行されることになる「一握の砂以後（四十三年十一月末より）」と題した歌稿ノートなどを残す。

1912（明治45）年の元日。啄木は年末から38度の熱が続き、日記

上野駅前商店街の歌碑の前で、碑に込めた思いを語る橋本明さん（左）と飯島敏治さん＝東京都台東区上野６丁目

歌集「一握の砂」の初版（石川啄木記念館所蔵）

明治時代の上野停車場（国立国会図書館所蔵）

【アクセス】

上野駅の歌碑は中央改札を入り、右寄りの15番線終端付近のホームにある。上野駅前商店街の歌碑は、広小路口を出て横断歩道を渡り、線路を右手に見ながら御徒町駅方面に歩くと右側にある。

には弱気な言葉が並ぶ。年末の支払いを済ませると残りは1円13銭5厘。「新年らしい気持になるだけの気力さへない新年だつた」「からだの有様と暮のみじめさを考へると、それも無理はない」

半月ほどして母カツが吐血。肺結核と診断される。若い頃、肺の病をしたと聞き、一家に影を落とす病苦の原因が分かったが、すでに遅かった。カツは3月7日、66歳で亡くなる。

——友らの支援

最後も啄木を支えたのは友人たちだった。収入の多くが薬代に消える窮状を知ると、東京朝日の編集長、佐藤北江（真一）は社内有志17人の見舞金と新年の酒肴《しゅこう》料を届けた。家庭を持ってから疎遠になった金田一も見舞いを持って駆け付け、若山牧水（繁）と土岐哀果（善麿）は歌集の出版契約を結び、原稿料を届けた。

「日記をつけなかつた事十二日に及んだ。その間私は毎日毎日熱のために苦しめられてゐた」「さうしてる間にも金はドン〳〵なくなつた（中略）医者は薬価の月末払を承諾してくれなかつた」（2月20日）。薬代の心配をする日記が最後となった。

4月13日。心に響く多くの歌を生んだ啄木は家族と友に見守られ、この世を去った。26歳の若さだった。

【余話】
人々の「心の索引」に

啄木短歌の代名詞といえる3行書きは、歌集「一握の砂」を編集する過程で生まれた。発行する2カ月前に東雲堂書店と契約した時の題名は「仕事の後（のち）」。400首弱の歌は一行書きだった。後から一部の歌を入れ替えて再編集し、題名も変えた。3行書きは「現在の歌の調子を破るため」の「小生一流のやり方」と友人への手紙で説明している。

啄木の半生の物語のような巧みな構成に加え、一つ一つの歌は読む側に自分のことと感じさせるような親しみを抱かせる。

評伝劇「泣き虫なまいき石川啄木」を書いた本県ゆかりの劇作家、作家の井上ひさしさん（1934~2010年）は芝居の前口上に代えて「ぢっと手を見たり、昔のことを思い出させるような、人間の基本的で大事な心の動きを啄木は見事に取り出して、後世を生きる私たちのための『心の索引』にしてくれているのではないでしょうか」（季刊「the 座」第45号）と、魅力を語っている。

「啄木の作品には生きる情熱がちりばめられ、生きる希望のようなものを感じる。平易な言葉の中に言霊が宿っている」。啄木が暮らした「喜之床」のあった場所で魅力を語る池田功さん＝東京都文京区本郷２丁目

第三部　苦闘の果て⑤

挫折し生の希望託す

インタビュー
池田　功さん（明治大教授）

22歳で上京し亡くなるまでの4年間、病苦と貧しさの中で多くの作品を生み出した啄木。小説を志して挫折したが、短歌を爆発的に詠み、時代を鋭く切り取った評論を書いた。東京時代の啄木と作品について明治大教授の池田功さんに聞いた。

―啄木最後の上京は1908（明治41）年4月。東京の文壇はどんな状況だったのか。

「文壇の中心が詩歌から小説に変わる、時代の大きな曲がり角だった。与謝野寛、晶子夫妻が発行していた詩歌中心の雑誌『明星』が売れなくなり、100号で廃刊すると言われる。小説は島崎藤村の『破戒』、田山花袋の『蒲団』という現実暴露のような自然主義が中心的な存在だったが、賛否両論あった。啄木は自然主義に魅力も感じ『是認するけれども、自然主義者ではない』と微妙な立場だったが、後に批評性がないと批判する」

―小説で生計を立てる決意だったはず。短歌を作るようになったのはなぜか。

「小説を書こうとした一番大きなものは原稿料。お金が欲しかったのだと思う。詩歌はお金にならなかった。上京して5月から1カ月ほどで400字詰め原稿用紙300枚書いた。森鷗外や金田一京助が出版社に持っていったが掲載されなかった。この時の6作品は全部ダメだった」

「啄木は、漱石の『虞美人草《ぐびじんそう》』なら1カ月で書けると豪語していたから非常にショックだったと思う。そこですぐ短歌に移らず、小説を縮めてイメージを膨らませた散文詩を書いた。『白い鳥、血の海』という作品は奇怪なイメージの夢。そして6月23日の夜中、日付が変わる頃に歌が急にわき出てくる」

―啄木の内面で何が起きたのか。

「23日から25日までおよそ250首を詠む。挫折感を散文詩で自己表現したが、うまくいかない。そこで一番親しんでいた形式である、五七五七七のリズムが自然にわいてきた。抑圧していたものが爆発的に出てきたと思う」

「一晩に何十首も詠むと即興的になり、自分の歌いたいものを歌う形に変わった。もう一つは小説のような大きな器ではなく、三十一文字《みそひと》の小さな器に自分の気持ちを託すことのすばらしさを再認識したのではないか」

―短歌の他に多くの作品がある。

「詩は360編ほどある。19歳で刊行した詩集『あこがれ』は雅語、古語を駆使した難解な文語定型詩。あまり評価されていない。晩年の詩稿『呼子《よぶこ》と口笛』にはいい詩がある。ロシア革命期の青年と明治の青年を比較した『はてしなき議論の後』など社会性を盛り込んだものがある」

「小説はほぼ完成されたものが15、未完の作品はものすごくある。テーマ別には三つ。学校を舞台にした『雲は天才である』など、新聞社が舞台の『我等の一団と彼』など、地方が舞台になった『鳥影《ちょうえい》』『赤痢』といった作品。ただ、いずれもまとまりが悪い。着眼点やテーマは鋭いが、きちんと構成して作り上げる時間的余裕がなかった。70歳、80歳まで生きた人であれば、豊かな小説家になったと思う」

―さらに評論や日記も有名だ。

「初期の評論は天才を任じているところがある。北海道で現実の厳しさを知り天才主義に影が差す。東京・本郷で理髪店『喜之床《きのとこ》』2階に住んでいた時に妻節子さんが家出し、啄木は大きく展開する。以前は『天職は文学』と言っていたのに、きちんとした生活をしなくてはいけないと考えるようになり、現実の不条理や国家の強権に目覚めていく」

「その年に起きたのは大逆事件。強権の時代を批判する『時代閉塞《へいそく》の現状』を書いた。『時代』と『閉塞』の言葉を組み合わせたのは啄木がおそらく初めて。言葉のインパクトが強く、現在も使われる。私は、節子さんの家出以後、23歳から死ぬまでの3年間が啄木文学だと思っている」

「日記は16歳で書き始め、亡くな

るまで10年間に13冊を残している。とりわけ『ローマ字日記』が高い評価で知られる。これは備忘録としての日記ではない。描写の綿密さは、啄木を知らない人が読んだ時に客観的に分かるという意図。奥さんに読まれないために書いたのではなく、作品化を意図したと思う」

――100年前に書かれた啄木の作品から現代の私たちは何を読み取れるか。

「『一握の砂』の冒頭14首は人生に絶望した青年が大海と砂浜に癒やされ、生きようと決心するドラマがある。詩『飛行機』は病気の母を抱えた貧しい給仕勤めの少年に、青空高く飛ぶ飛行機に託しながら希望や夢を歌っている。閉塞的な状況に追いやられても『新しき明日』に向けて何とか生き抜こうとする精神が随所に見られる」

【いけだ・いさお】

1957年新潟県生まれ。明治大大学院文学研究科博士後期課程単位取得退学。明治大政治経済学部教授。国際啄木学会副会長。主な著書に「啄木 新しき明日の考察」「啄木日記を読む」など。東京都八王子市在住。

【余話】

反響呼ぶ没後の全集

啄木の生前出版されたのは、詩集「あこがれ」と歌集「一握の砂」のみ。亡くなる4日前に出版契約した歌集は2カ月後の1912（明治45）年9月、友人の土岐善麿の編集により「悲しき玩具」として刊行された。1919（大正8）年に出た新潮社版の「啄木全集」（全3巻）は大きな反響を呼び、版を重ねた。

身重の妻節子は、5歳の長女京子を連れて、療養のため千葉・北条町（現・館山市）に転居。そこで次女房江を産む。援助を受けた宣教師夫妻が去り、生活できなくなった節子は実家の堀合一家が移り住んだ函館に行き、翌年亡くなる。病床の節子は、啄木の葬儀を営んだ土岐の実家、浅草の等光寺から遺骨を取り寄せた。函館の友人宮崎郁雨（大四郎）らが立待岬近くに啄木一族の墓を建てた。

いしぶみ散歩⑥

■節子生家の井戸（岩手県盛岡市）

啄木と結婚する堀合節子の生家は上田村上田新小路11番地、現在の盛岡市上田３丁目の岩手大付属植物園内にあった。古地図から盛岡高等農林学校本館の南側と特定。２００８年10月に井戸を再現し、啄木と節子の歌を井戸枠のふたに刻んだ。

ある日、ふと、やまひを忘れ、
牛の啼く真似をしてみぬ、――
妻子《つまこ》の留守に。

没後に刊行された歌集「悲しき玩具」の歌は、病気の不安から逃れようとする姿が浮かぶ。

節子は「ひぐるまは焔《ほのお》吐くなる我がうたにふと咲き出でし黄金花《こがねばな》かな」。１９０５（明治38）年、啄木が

節子の生家があった岩手大付属植物園内に再現した井戸

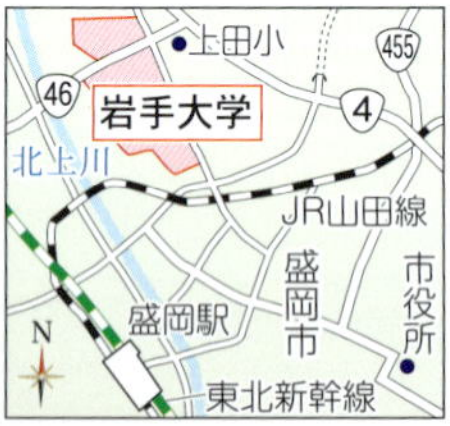

啄木と節子の歌を並べて刻んだ井戸枠のふた

盛岡で創刊した文芸雑誌「小天地」掲載の作品。結婚当初は節子も歌を詠む心のゆとりがあった。

■天神山緑地（北海道札幌市）

歌集「一握の砂」の中で「忘れがたき人人二」の節は、函館の弥生尋常小学校の同僚橘智恵子への思いを詠んだ22首を集めた。

天神山緑地の歌碑

「石狩の都の外の／君が家／林檎の花の散りてやあらむ」はリンゴ園を営んでいた智恵子の生家を詠んだ。生家のあった札幌に二つある。豊平区平岸1条18丁目の天神山緑地の碑は、智恵子との関わりはないが、明治時代に北海道開拓使が輸入した苗木からリンゴの一大産地となった平岸地区をしのんだ。

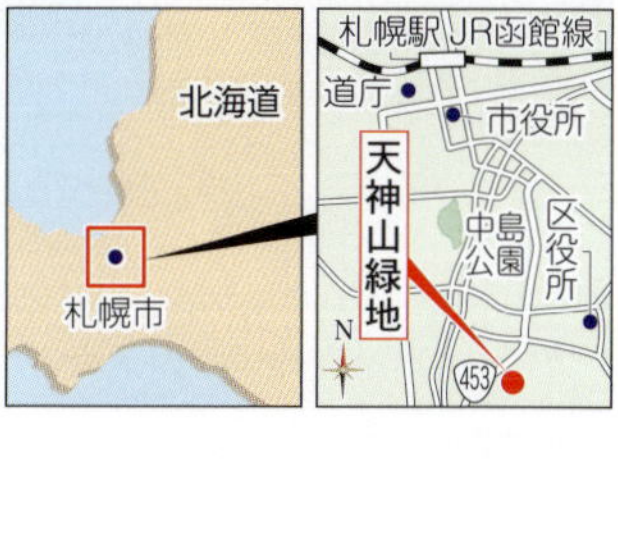

生家の場所は札幌村14番地（現・札幌市東区北11条東12丁目）。同じ歌を刻んだ「林檎の碑」が建っている。

■啄木父子の歌碑（岩手県盛岡市）

中津川と北上川が合流する盛岡市馬場町の御厩橋たもと。啄木と父一禎の歌を刻んだ碑が建っている。

僧侶だった一禎は4千首近い和歌を残した。「中津川流れ落合ふ北上の早瀬を渡る夕霞かな」は、妹光子が著書「兄啄木の思い出」（64年）に抜粋した中の一首。啄木は「中津川や月に河鹿の啼く夜なり涼風追ひぬ夢見る人と」。１９０５（明治38）年７月に雑誌「明星」に載った節子と連名の歌。国民文化祭いわて'93を記念し、石川啄木父子の歌碑建立市民の会が93年に建てた。

父子の歌碑は２００９年９月、一禎が亡くなった高知市にもできた。

啄木と一禎の歌を刻んだ歌碑

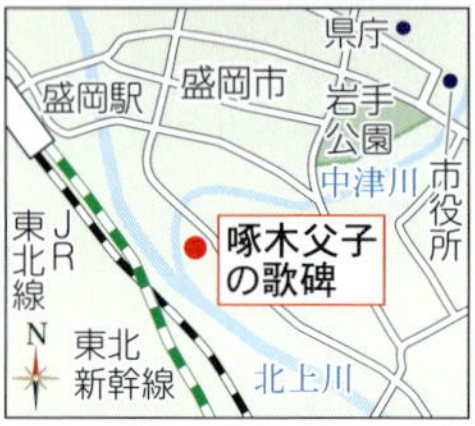

■本町中学校（神奈川県秦野市）

神奈川県中西部にある秦野市富士見町の本町中学校。校門を入り左の庭園に高さ60センチほどの歌碑がある。１９６４年に同校ＰＴＡ校外生活補導委員会が神奈川県防犯協会連合会の表彰を受けたことを記念した。

「あたたかき飯を子に盛り古飯に湯をかけ給ふ母の

本町中学校の歌碑

白髪」の歌は1908（明治41）年の歌稿ノート「暇ナ時」の6月25日付から。上京後に小説が売れず、歌に逃げた。「頭がすつかり歌になつてゐる」と日記に書いた夜の作。優しい母を思いつつ、自身のふがいなさを嘆くようでもある。

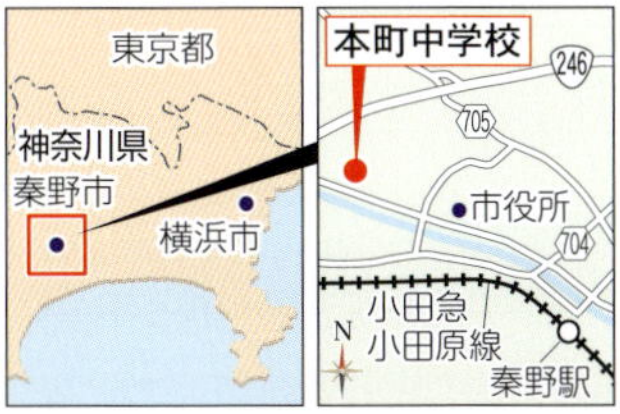

■北村牧場（北海道岩見沢市）

橘智恵子が啄木と出会ったのは19歳。札幌高等女学校を卒業後、補習科で教員資格を取得し函館に赴任した。4年後、兄の学友と結婚し北海道空知郡北村（現・岩見沢市）の北村牧場に嫁いだ。啄木は結婚を知らずに、できたばかりの歌集「一握の砂」を智恵子の実家に送った。

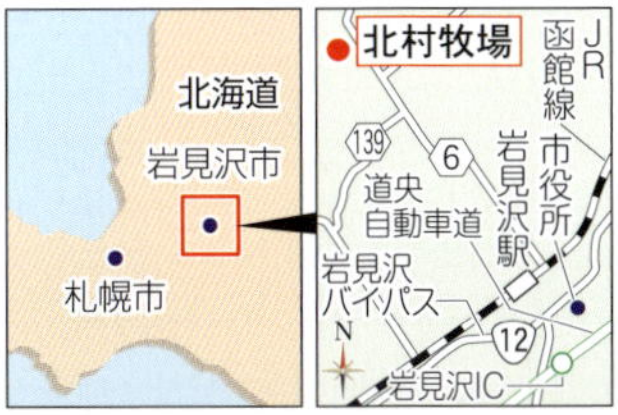

お礼に届いたのが牧場で作ったバターだった。

石狩の空知郡《そらちごおり》の
牧場のお嫁さんより送り来し
バタかな。

歌集「悲しき玩具」収録の歌の碑は99年、北村牧場の一角に地元有志が建てた。

北村牧場の入口近くに建つ歌碑

エピローグ

校内にある歌碑を前に先輩啄木を語る盛岡一高文学研究部の谷村康太君（右）と（後列左から右回りに）中島璃音君、佐藤涉君、小原彩華さん、内田有美さん、浦田七海さん＝岩手県盛岡市上田３丁目

エピローグ①

先輩の心 未来に重ね

盛岡第一高校（岩手県盛岡市）

漂泊の詩人、石川啄木が足跡を残した北海道、東京、そして古里・岩手。啄木が亡くなって100年の2012年まで、啄木とその作品を愛する人々によって、多くの文学碑が建てられてきた。啄木の父一禎《いってい》との縁を大切にする高知市の人々、啄木が懐かしんだ「白堊城」盛岡中学の歴史を受け継ぐ盛岡一高の生徒たち。身近な思いを平易な言葉で詠んだ「啄木のうた」は世代や地域を超えて人々の心に生き続ける。

盛岡の中学校の
露台《バルコン》の
欄干《てすり》に最一度我を倚《よ》らしめ

盛岡市上田3丁目の盛岡一高。啄木が青春時代を過ごした追憶の「白堊」から4代目、1999年にできた校舎は白い外壁がまぶしい。校門を入り、すぐ右側。啄木の歌碑は生徒が使う昇降口の正面にある。生誕120年に当たる2006年、同窓生有志が贈った。

啄木が通った頃、盛岡中学は現在の中央通1丁目にあった。授業を抜け出して詩想を巡らせた城跡は歩いてすぐの場所だった。

不来方のお城の草に寝ころびて
空に吸はれし
十五の心

文学研究部の生徒6人に「知っている啄木短歌」を尋ねると、4人がこの歌を挙げた。小学生や中学生の頃に教科書や図書館の本で知ったという。

「澄み渡る空のイメージ」（2年・小原彩華さん）、「青春だなという感じ。夢や希望を持っている」（1年・浦田七海さん）、「学校を抜け出した時の思い。すごく自由でいい」（2年・内田有美《ありみ》さん）、「若い。読んでいて情景が浮かぶ」（1年・佐藤渉君）。すっと頭に入り込む音のリズムと情景。やわらかい心に自然に刻まれていた。彼らに「好きな歌は」と聞くと、自分の体験に引き寄せて共感できる歌も選んでくれた。

文学研究部として集まるのは週に1回。句会の形式で俳句や短歌を披露し、互いに批評しながら高め合う。普段はそれぞれが創作し、県高校総合文化祭文芸部門に出品。作品は年1回発行の部誌「邂《かい》逅《こう》」に掲載する。部員の多くは小説や童話を好み、同じ先輩でも宮沢賢治の方に親しみを感じているようだ。

啄木も中学時代、作品をとじて回し読みする回覧雑誌を友人と作り、短歌を載せていた。文学に熱中するあまり成績は下落。試験での不正が見つかり、退学に追い込まれた。

生徒たちは、先輩の行状をよく知っていた。「カンニングまでして点を取ろうとした、良くも悪くもあきらめの悪い人」と中島璃音《りおん》君（1年）。部長の谷村康太君（2年）は「遊んでばかりいたイメージはあるが、見えないところで努力した。悪い面をまねしてはいけない反面教師」と印象を語る。

「決められた通りではなく、ひた向きに夢を追うのはすごい」（小原さん）、「文学を選び、自分に合った方法で自由に自分を表現した」（内田さん）。将来について深く考える時期にいる彼らは、自分の未来を重ねながら啄木の歌と人生を見つめている。

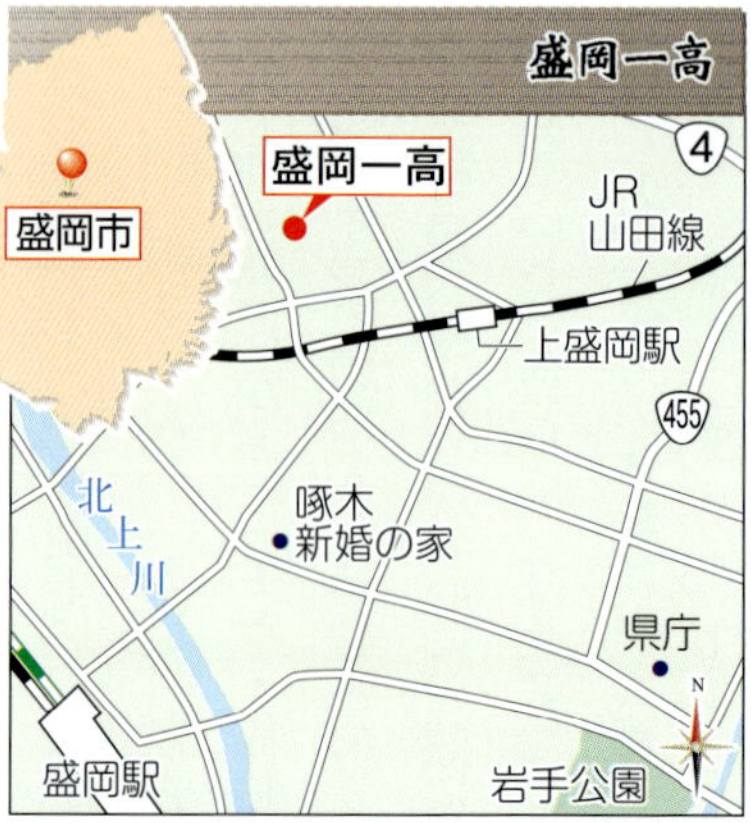

エピローグ②

父子の歌碑 共感今も

JR高知駅（高知県高知市）

JR高知駅南口広場にある啄木父子の歌碑の前で、啄木への思いを語る梶田順子さん（左）と高橋正さん＝高知県高知市

２００９年５月に完成した高知市のＪＲ高知駅南口広場。新しい駅舎を出て時計回りに南端まで歩くと、啄木と父石川一禎の歌を刻んだ石碑がある。

１９２７（昭和２）年２月20日。啄木が亡くなって15年後、一禎は高知駅近くの官舎で息を引き取った。76歳だった。

啄木一家の窮状を気にかけた一禎は、一緒に住んでいた東京・久堅町の借家から家出。北海道にいた次女トラ夫妻の元に身を寄せた。トラの夫山本千三郎は25年、神戸鉄道局高知出張所長に転任。夫妻と養子の４人で移り住み、一禎は晩年を穏やかに過ごした。

よく怒《いか》る人にてありしわが父の
日ごろ怒らず
怒れと思ふ

老いた父を詠んだ歌は歌集「一握の砂」から。和歌を愛し、生涯に約3850首を作った一禎は「みだれ芦」と題した歌稿を残した。碑には「寒けれど衣かるべき方もなしかゝり小舟に旅ねせし夜は」と自筆の文字を彫った。

一禎が暮らした家は碑から100メートルほど離れた場所にあった。92年に当時の高知県歌人協会が木製の標柱を建てたが、再開発に伴い撤去。現在は商業地となっている。

「啄木の父石川一禎終焉の地に歌碑を建てる会」（会長＝高橋正・高知ペンクラブ会長）の事務局長、梶田順子《みちこ》さん（72）＝高知市福井町＝が歌碑建立に動き出したのは2009年3月。新聞記事が契機となった。歌人協会の会長として標柱を建てた故国見純生さんは所属する海風短歌会の主宰者。撤去された時の残念そうな姿を覚えていた。

「啄木、一禎と高知の関係を知るきっかけになればと思った」と梶田さん。「啄木の歌は短歌を作らない人も知っている。募金活動は県外からの反響も大きかった。それも啄木の力」。地元の呼びかけ人を100人近く集め、募金活動を展開。半年で碑ができた。

3周年の2012年は短歌大会を企画。梶田さんは、古里渋民や東北の被災地を訪ねた。「啄木を通して東北に親しみが出てきた。歌には貧困や病気など現代に通じるテーマが入っていて共感できる。個人のことを歌っているが、万人に通じる」

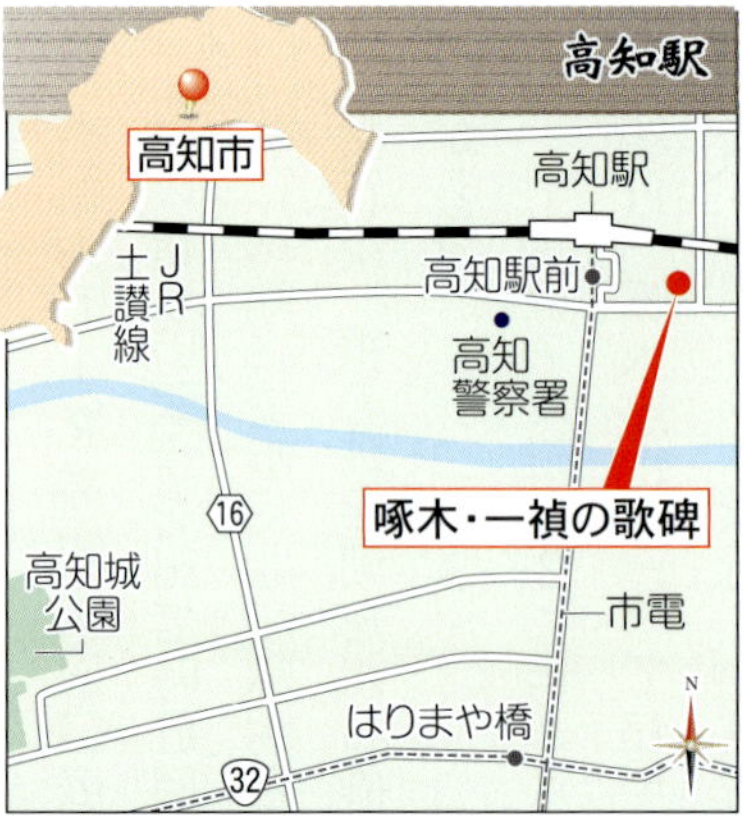

高知市内で晩年を過ごした石川啄木の父一禎（前列右）＝1925年11月8日撮影（石川啄木記念館提供）

啄木が歩いた当時の鶴飼橋を再現したつり橋の前で、未来へと続く啄木の魅力を語る望月善次さん＝岩手県盛岡市玉山区

エピローグ③

胸打つ表現 世界へ

インタビュー

望月善次さん（国際啄木学会会長）

啄木の生前から没後100年を経た現在まで、人々にどう受け止められ、世代や言語を超えてどう広がったのか。啄木作品の過去と現在、そして未来について国際啄木学会会長の望月善次さん（岩手大名誉教授）に聞いた。

―啄木の作品はこの100年、人々にどう読まれてきたのか。

「啄木は生きていた頃も『明星』系の有望歌人、という一定の評価はあった。詩歌で原稿料をもらえる人は今もそんなにいないが、啄木は自費出版ではなかった。そういう意味では認められていた。没後に新潮社の全集で大きく知られるようになり、国民詩人の道を歩む。新潮社社主の佐藤義亮は全集刊行に反対したが、土岐哀果（本名・善麿）の粘りに『出版人としては反対だけど君の友情に負けた』と出したら、ものすごく売れた」

「その後は時代によって評価が動いた。日本が貧困で、反体制的な考えが主流の時は、大きな流れの一つになって受け入れられた。戦前から戦後はそういう時期。日本が貧困や病気を克服した頃から、関心は以前ほどでなくなった。賢治との関係で言えば、啄木の付録だったが今は逆転した。文学の価値とは別に逆転してくるというのが大きな流れ。ある程度裕福になると、思想とか生き方を正面から取り上げることが恥ずかしくなる。啄木はそういうことに優れた分析を見せた」

―啄木の広がりは学校教育の影響もある。

「短歌だけに限ると、啄木は常に小中学校で人気ナンバーワンと言っていい。特定の作品や短歌の掲載数では多少変わるがベストスリーに入らないことはない。だから啄木の短歌は全員読んでいる。これは分かりやすいということが大きい。そして有名でなくてはいけない。今の大学生は教科書以外に作品を読んでいないが、啄木という名前は知っている。これはすごいことだと思う」

—国際的にも広がった。

「作品が良くないとどうしようもないが、文学作品は人的なつながりを通して国際的に広がる。国際啄木学会を立ち上げた岩城之徳先生は日本大国際関係学部の教授で、教え子を通じて世界に広がった。英語ができない国文科の研究者が多かったので人的に広がるしかなかった要素もある。人間とはどういうものかを問い詰めた、国際的に広がる本質性を啄木は持っている」

—日頃教えている学生たちは、啄木をどう受け止めているのか。

「小学生は賢治と啄木で8対2か9対1ぐらい。高校、大学でもその割合はたぶん同じ。でも授業でやると、学生は啄木を面白がって読む。短歌は面白いし分かりやすい。人の心を打つ手紙もたくさんある。友情にあつく、人の心をとらえる、そして文章表現がうまい。短歌では、どこがうまいか分からないが、手紙は日常的なものだから分かりやすい。一般の人が読むには手紙が一番いいというのが私の考えです」

—未来に向かっても読み継がれていくと思うか。

「啄木の作品は読んだ人を引きつけてやまない。それは啄木が懸命に生き、人間洞察への本質性を持っているから。次の100年も国境を越えて読まれていく。『日本の啄木から、世界の啄木へ』というのが私の強調したいこと。そのために翻訳も含め、いろいろな形で読んでもらうことが大切になる」

【もちづき・よしつぐ】

1942年山梨県生まれ。東京教育大大学院教育学研究科修士課程修了。岩手大教育学部教授を経て盛岡大学長。岩手大名誉教授。2010年から国際啄木学会会長。04年「啄木短歌の読み方」で第19回岩手日報文学賞啄木賞。三木与志夫の筆名で歌人としても活躍。盛岡市在住。

石川啄木年譜

1886（明治19）		父・石川一禎、母工藤カツの長男として南岩手郡日戸村（現・盛岡市玉山区日戸）の常光寺に生まれる。戸籍名・一（はじめ）
1887（明治20）	1歳	一禎が宝徳寺住職となり、渋民村（現・玉山区渋民）に移る
1891（明治24）	5歳	5月学齢より1年早く渋民尋常小学校に入学する
1895（明治28）	9歳	渋民尋常小学校卒業。盛岡高等小学校に入学し盛岡の親戚宅に身を寄せる
1898（明治31）	12歳	盛岡尋常中学校（後の盛岡中学、現・盛岡一高）入学、128人中10番で合格
1899（明治32）	13歳	初めて上京し、次姉トラの夫宅に滞在。級友と丁二会の雑誌を発行
1900（明治33）	14歳	7月丁二会の旅行で南三陸沿岸を回る。この頃に上級生の金田一京助、野村長一（胡堂）と親しくなる
1901（明治34）	15歳	「翠江」の筆名で「岩手日報」に短歌25首を発表。短歌作品で最初に活字になった
1902（明治35）	16歳	4年の学年末試験で不正行為があったとして、4月けん責処分。7月1学期末試験の不正行為で2度目のけん責。10月文芸雑誌「明星」に「白蘋（はくひん）」の筆名で短歌掲載。盛岡中学を退学し上京する
1903（明治36）	17歳	1月下宿料滞納により下宿を追われ、2月帰郷。11月新詩社同人となる。12月「明星」に長詩「愁調」を発表し「啄木」の筆名を使い始める
1904（明治37）	18歳	2月堀合節子と婚約。10月詩集刊行のため上京する
1905（明治38）	19歳	5月初の詩集「あこがれ」を小田島書房から刊行。堀合節子と結婚する。6月盛岡市帷子小路（現・盛岡市中央通3丁目）に転居。3週間後に同市加賀野磧町（現・盛岡市加賀野1丁目）に移る。9月文芸雑誌「小天地」を創刊するが、1号で行き詰まる
1906（明治39）	20歳	3月母、妻と渋民村に転居。4月渋民尋常高等小学校尋常科代用教員となり、小説「雲は天才である」「面影」「葬列」、評論「林中書」などを執筆する。12月長女京子生まれる
1907（明治40）	21歳	北海道での新生活を決意し、5月妹光子と北海道に向かう。函館の苜蓿社（ぼくしゅくしゃ）の同人雑誌「紅苜蓿（べにまごやし）」を編集。宮崎郁雨らと出会う。6月弥生尋常小学校代用教員。8月函館日日新聞記者となる。函館大火で職を失い、札幌の北門新報社に入る。10月小樽日報社創業に参加するが、事務長に暴力を振るわれたことを契機に退社する
1908（明治41）	22歳	1月釧路新聞社に入り、編集長格として活躍。4月創作に専念する決意で、函館の宮崎郁雨に家族を託し上京する。本郷区菊坂町（現・文京区本郷5丁目）に下宿。9月下宿代を払えず、金田一京助が蔵書を売り森川町（文京区本郷6丁目）に移る。11月東京毎日新聞に小説「鳥影（ちょうえい）」連載する
1909（明治42）	23歳	1月発行名義人として「スバル」創刊。3月東京朝日新聞に校正係として入社する。4月から6月にかけて家族を迎えるまでの苦悩をローマ字で日記に記す。6月妻節子らが上京。本郷区弓町（現・本郷2丁目）の理髪店喜之床2階に移る。11月東京毎日新聞に評論「食ふべき詩」を連載する
1910（明治43）	24歳	8月評論「時代閉塞の現状」を執筆。9月「朝日歌壇」選者となる。10月4日に長男真一が生まれるが、27日死去。12月初の歌集「一握の砂」を刊行する
1911（明治44）	25歳	2月慢性腹膜炎のため入院。3月退院するが自宅療養が続く。8月小石川区久堅町（現・文京区小石川5丁目）に転居する
1912（明治45）	26歳	3月母カツが肺結核のため死去。4月9日第2歌集の出版契約を結び原稿料20円を受け取る。父一禎、妻節子、友人若山牧水にみとられ、4月13日没す。6月次女房江が誕生。第2歌集「悲しき玩具」を刊行する

主要参考資料

■書　籍

「石川啄木全集」（全8巻、筑摩書房、１９７８〜79年）
「啄木歌集全歌評釈」（岩城之徳著、筑摩書房、１９８５年）
「啄木全作品解題」（岩城之徳著、筑摩書房、１９８７年）
「石川啄木歌集全歌鑑賞」（上田博著、おうふう、２００１年）
「新編　啄木歌集」（久保田正文編、岩波文庫、１９９３年）
「啄木　ローマ字日記」（桑原武夫編訳、岩波文庫、１９７７年）
「時代閉塞の現状　食うべき詩　他十篇」（岩波文庫、１９７８年）
「紅苜蓿」復刻版（全7冊、財団法人函館市文化・スポーツ振興財団、１９９１年）
「石川啄木　歌集外短歌評釈Ⅰ」（望月善次著、信山社、２００３年）
「一握の砂　石川啄木」（近藤典彦編、朝日文庫、２００８年）
「石川啄木　ちくま日本文学０３３」（筑摩文庫、２００９年）
「復元　啄木新歌集　一握の砂以後（四十三年十一月末より）仕事の後」（近藤典彦編、桜出版、２０１２年）
「石川啄木　コレクション日本歌人選０３５」（河野有時著、笠間書院、２０１２年）
「啄木を繞る人々」（吉田孤羊著、改造社、１９２９年）

「啄木追懐」（土岐善麿著、新人社、1947年）
「函館の砂―啄木の歌と私と―」（宮崎郁雨著、東峰書院、1960年）
「兄啄木の思い出」（三浦光子著、理論社、1964年）
「回想の石川啄木」（岩城之徳編、八木書店、1967年）
「石川啄木　その秘められた愛と詩情」（小沢恒一著、潮文社新書、1976年）
「啄木の妻　節子」（堀合了輔著、洋々社、1981年）
「胡堂百話」（野村胡堂著、中公文庫、1981年）
「復刻版　人間啄木」（伊東圭一郎著、岩手日報社、1996年）
「新編　石川啄木」（金田一京助著、講談社文芸文庫、2003年）
「啄木評伝」（岩城之徳著、学燈社、1976年）
「石川啄木伝」（岩城之徳著、筑摩書房、1985年）
「新文芸読本　石川啄木」（河出書房新社、1991年）
「新潮日本文学アルバム6　石川啄木」（新潮社、1984年）
「現代詩読本　石川啄木」（思潮社、1983年）
「新編　啄木写真帖」（吉田孤羊著、画文堂、1985年）
「文学探訪　石川啄木記念館」（佐藤正美ほか著、蒼丘書林、1982年）
「啄木文学碑紀行」（浅沼秀政著、白ゆり、1996年）
「石川啄木の文学碑」（早稲田大学文学碑と拓本の会編、瑠璃書房、1977年）

「啄木と渋民」（遊座昭吾著、八重岳書房、１９７９年）
「啄木と明治の盛岡」（門屋光昭・山本玲子著、川嶋印刷、２００６年）
「啄木と函館」（阿部たつを著、桜井健治編、幻洋社、１９８８年）
「啄木と苜蓿社の同人たち」（目良卓著、武蔵野書房、１９９４年）
「啄木の札幌放浪」（好川之範著、小林エージェンシー、１９８６年）
「増補・石川啄木―その釧路時代―」（鳥居省三著、北畠立朴補注、釧路新書、２０１１年）
「石川啄木アトランダム」（松本政治著、盛岡啄木会、１９８８年）
「啄木と沖縄　新青年たちの明日への約束」（大西照雄著、あけぼの印刷、２０００年）
「石川啄木事典」（国際啄木学会編、おうふう、２００１年）
「百代の過客〈続〉」（ドナルド・キーン著、講談社学術文庫、２０１２年）
「啄木を読む―思想への望郷　文学篇」（寺山修司著、ハルキ文庫、２０００年）
「天才の世界」（湯川秀樹・市川亀久彌著、光文社知恵の森文庫、２００８年）
「函館物語」（辻仁成著、集英社文庫、１９９６年）
「石川くん」（枡野浩一著、集英社文庫、２００７年）
「『坊っちゃん』の時代」（関川夏央・谷口ジロー著、双葉文庫、２００２～０３年）
「不屈の人　富田小一郎」（富田雄二著、富田小一郎伝記刊行委員会、１９７３年）
「初恋人の魂追った啄木の生涯」（石田六郎著、洋々社、１９７８年）
「啄木日記を読む」（池田功著、新日本出版社、２０１１年）

「啄木　新しき明日の考察」（池田功著、新日本出版社、２０１２年）
「石川啄木と青森県の歌人」（川崎むつを著、青森県啄木会、１９９１年）
「啄木遺骨の行方」（冷水茂太著、永田書房、１９６８年）
「若山牧水　コレクション日本歌人選０３８」（見尾久美恵、笠間書院、２０１１年）
「日本文壇史」12、12、16、17（伊藤整著、１９９６～97年、講談社文芸文庫）

■記念誌・展覧会図録

「石川啄木記念館開館二十周年記念誌『啄木鳥』」（二十周年記念誌「啄木鳥」編集委員会、財団法人石川啄木記念館、１９９０年）
盛岡市先人記念館テーマ展「啄木と京助―明治盛岡の若き人物群像」（２００６年）
「The　ザ・啄木展―啄木生誕１２０年記念4館共同企画」（啄木・生誕記念事業実行委員会、２００６年）
盛岡市先人記念館企画展「冨田小一郎　日本一の先生」（２００９年）
「啄木・一禎の歌碑　建立報告書」（啄木の父　石川一禎終焉の地に歌碑を建てる会、２００９年）
「白亜校百年史」通史・年表・写真（岩手県立盛岡第一高等学校校史編集委員会編、岩手県立盛岡第一高等学校創立百周年記念事業推進委員会、１９８１年）
「江南之橘　百年の歩み　岩手橘高等学校百年史」（岩手橘高等学校編、岩手橘高等学校創立百周年記念事業推進委員会、１９９３年）

■ ホームページ

「石川啄木　漂泊の詩人」

http:// 石川啄木 .seesaa.net/

「啄木の息」ブログ版

http://d.hatena.ne.jp/takuboku_no_iki/

「湘南啄木文庫」

http://www.ne.jp/asahi/shonan/takuboku/index.html

「文学散歩」石川啄木を歩く

http://blowinthewind.net/bungaku/takuboku/takuboku.htm

「北海道新聞」啄木の風景ー生誕 120 周年企画

http://www5.hokkaido-np.co.jp/bunka/takuboku/index.php3

「渡部芳紀研究室」石川啄木を歩く（石川啄木文学散歩）とエッセイ

http://c-faculty.chuo-u.ac.jp/~houki/bungakusanpo/takuboku/takuboku.htm

「もりおか暮らし物語」彫刻・文学碑など調査一覧

http://moriokabrand.com/

「旭川に石川啄木の歌碑を建てる会」

http://1st.geocities.jp/asahikawa2011takubokukai/index.html.html

あとがき

東日本大震災の発生から1年が過ぎようとしていた2012年3月初旬、啄木をたどる旅は、北海道釧路市から始まりました。「インクも凍る」と啄木が詠んだ、さいはての地・釧路はまだ冬の装いでした。積もった雪が凍って路面を覆ったまま、足を取られながら夜の街を歩いて歌碑を探し、そこで過ごした啄木の姿を追いかけました。その年の11月まで、古里の岩手をはじめ、北は北海道から南は沖縄まで、各地の啄木の文学碑を訪ね、碑に関わった人たちが啄木に寄せる思いを取材し、岩手日報に連載した企画「啄木　うたの風景」をまとめたものが本書です。

連載は、啄木没後100年に当たる2012年4月に始まり、計34回掲載しました。プロローグでは啄木の命日に合わせて、亡くなった前後のエピソードとともに文学碑を紹介しました。その後は3部に分けて、啄木の生涯をたどりながら、岩手、北海道、東京を中心に、各地の歌碑を訪ねました。

本書の掲載順は、連載当時の順番のままとしました。本文は、表記の重複や不統一などを一部手直ししたほかは、年齢や役職なども基本的に新聞掲載時のままとなっています。「余話」「アクセス」は、本書の発行に合わせて加筆、修正しました。

啄木という人物と作品が、なぜこれほどまでに親しまれているのか。啄木はどういう人生を経て、これほどの作品を作ることができたのか。その二つを問いながら、連載を重ねてきました。啄木が暮らしたり、実際に歩いたりした場所を訪ね、彼が見たであろう１００年前の風景を想像しながら取材するのは、印象深い経験でした。歌に詠んだ風景や日記の中のエピソードにある世界が身近に感じられ、啄木の姿が立ち上がってくるような気持ちになりました。一方で、訪れた場所の中には、岩手県陸前高田市の高田松原で啄木の歌碑が津波に流されたり、宮城県石巻市の荻浜では啄木が立ち寄った宿を受け継ぐ旅館が津波で全壊したり、悲しい出来事に見舞われたところもありました。そのような取材からは、明治を生きた啄木と現在の人々が今もつながっているということをあらためて強く感じました。

一言に、啄木の文学碑と言ってもさまざま種類があります。啄木が足跡を残した場所、歌に詠んだ場所、啄木ゆかりの人に関わる場所、直接関係はないが、啄木に思いを寄せる人が建てた碑…。中には、碑はあっても、だれがいつ何のために建てたのかという基本的な事項が分からなくなっている場所もありました。残念だという思いとともに、記憶を語り継ぐこと、記録を残していくことの大切さを痛感しました。

各地に出張しながら毎週連載するというのは、ある意味では時間との戦いでした。啄木の作品や日記、関係資料を読んで取材相手を探し、取材から戻って原稿を仕上げというサイクルで、いつも取材依頼は直前になってしまいましたが、みなさん誠実に取材に対応していただいた方々ばかりでした。これも啄木の遺産といえるのではないかと、ありがたく感じています。あらためて感謝いたします。

本書の写真は、岩手日報社の藤田和明、大和田勝司、菊池範正、石田幸恵（報道部）、及川慶修（大船渡支局）の各記者が撮影しました。取材や執筆に当たっては、啄木について数々の先輩方が残した多くの書籍や資料などを参考とさせていただきました。すべてを挙げることはできませんが、心より感謝を申し上げます。内容については、ほぼ全面的に任せてくれて、いつも遅れがちな原稿を静かに待ってくれた上司や、連載に関わっている間、ほかの取材を担当してくれた同僚、出張続きで迷惑を掛けることの多かった家族、そのほか多くの方々にお世話になりました。みなさんに心より感謝を申し上げます。この本を手にしてくださったみなさまが、啄木という人間と、その作品をより身近に感じていただけたら、うれしい限りです。

２０１３年８月

小山田泰裕

著者略歴

小山田泰裕 （おやまだ・やすひろ）

1968年生まれ。岩手県稗貫郡石鳥谷町（現・花巻市）出身。慶應義塾大卒。

1992年岩手日報社入社。編集局整理部、報道部、花巻支局、釜石支局長などを経て2010年学芸部。主に美術、舞台、文芸を担当。2013年7月整理部次長。

啄木　うたの風景 ～碑でたどる足跡～

発行日　平成25年9月14日
著　者　小山田泰裕
発行者　三浦　宏
発行所　岩手日報社
〒020-8622　盛岡市内丸 3-7
電話　019-653-4111(代)
印刷所　川口印刷工業株式会社
〒020-0841　盛岡市羽場 10-1-2
電話　019-632-2211(代)

乱丁本・落丁本はお取り替えいたします。
定価はカバーに表示してあります。
ISBN978-4-87201-411-2